瑞蘭國際

瑞蘭國際

日本語で
台湾を語る
宝島再発見

用日語說臺灣文化
探索寶島

國立政治大學
葉秉杰 編著
菅野美和 審訂

緣起

國立政治大學外國語文學院的治學目標之一，就是要促進對世界各地文化的了解，並透過交流與溝通，令對方也認識我國文化。所謂知己知彼，除了可消弭不必要的誤會，更能增進互相的情誼，我們從事的是一種綿密細緻的交心活動。

再者，政大同學出國交換的比率極高，每當與外國友人交流，談到本國文化時，往往會詞窮，或手邊缺少現成的外語資料，造成溝通上的不順暢，實在太可惜，因此也曾提議是否能出一本類似教材的文化叢書。這個具體想法來自斯拉夫語文學系劉心華教授，與同仁們開會討論後定案。

又，透過各種交流活動，我們發現太多外國師生來臺後都想繼續留下來，不然就是臨別依依不捨，日後總找機會續前緣，再度來臺，甚至呼朋引伴，攜家帶眷，樂不思蜀。當然，有些人學習有成，可直接閱讀中文；但也有些人仍需依靠其母語，才能明白內容。為了讓更多人認識寶島、了解臺灣，我們於是興起編纂雙語的《用外語說臺灣文化》的念頭。

而舉凡國內教授最多語種的高等教育學府，就屬國立政治大學外國語文學院，且在研究各國民情風俗上，翻譯與跨文化中心耕耘頗深，舉辦過的文康、藝文、學術活動更不勝枚舉。然而，若缺乏系統性整理，難以突顯同仁們努力的成果，於是我們藉由「教育部高教深耕計畫」，結合院內各語種本國師與外師的力量，著手九冊（英、德、法、西、俄、韓、日、土、阿）不同語言的《用外語說臺灣文化》，以外文為主，中文為輔，提供對大中華區文化，尤其是臺灣文化有興趣的愛好者參閱。

　　我們團隊花了一、兩年的時間，將累積的資料大大梳理一番，各自選出約十章精華。並透過彼此不斷地切磋、增刪、審校，並送匿名審查，終於完成這圖文並茂的系列書。也要感謝幕後無懼辛勞的瑞蘭國際出版編輯群，才令本套書更加增色。其中內容深入淺出，目的就是希望讀者易懂、易吸收，因此割愛除去某些細節，但願專家先進不吝指正，同時內文亦能博君一粲。

國立政治大學外國語文學院院長

於指南山麓

序

　この本は「高等教育深耕計畫（高等教育推進プロジェクト）」の一環として書かれたものです。このプロジェクトは、日本語だけでなく、英語や韓国語、スペイン語、フランス語、アラビア語、ロシア語、トルコ語、ドイツ語など計９カ国の言語で台湾に関する様々なことを紹介するもので、筆者は日本語の部分を担当しています。交換留学生が増えるとともに、国際交流の機会も増える昨今、海外に行き、世界の国々について知ることができますが、外国人に台湾について訊かれても、うまく答えられないという留学生の声をよく耳にします。この企画は、これから海外に留学する学生たちに、海外の人々に外国語で故郷の台湾についてのことを紹介してもらえるよう始められたものです。

　このプロジェクトで出版される本はどの外国語でも、全て二か国語（台湾華語＋外国語）が書かれていますが、対訳ではなく、台湾華語の部分はそれぞれのトピックのあらすじとなります。

　筆者は日本語版を執筆するにあたり、読者が主に台湾人学生であることを考慮し、台湾華語の部分にトピックのあらすじだけではなく、トピックの内容によっては、それに関連する日本についてのこともたくさん盛り込むようにしました。この本をきっかけに、日頃特に気に留めない、身の回りのことに注意を向けたり、考えたりするようになって頂ければと思います。

　また、この本は、台湾を紹介するだけでなく、日本と対照する観点から書きました。筆者は日本大学院留学時代、「国際文化研究科」に在籍し、異文

化交流、文化理解に興味を持ち、日本留学時代、日本 47 都道府県を旅しました。筆者が自身で見聞きした経験をもとに、台湾と日本を対照しながら書きました。

　この本を通して、台湾の方だけでなく、日本の方にとっても、台湾のこと、そして日本各地のことを知るきっかけになれば幸いです。但し、筆者の専門は言語学で、文化研究ではないため、不備がありましたら、お許し頂きたいです。

　最後に、執筆の機会をくださった政治大学外国語文学院阮若缺院長、ご意見、コメントをくださって実践大学の関口要教授、政治大学日本研究学位学程の石原忠浩教授、資料収集などを手伝ってくれた政治大学の簡文玲さん、呉晶晶さん、洪嘉君さん、張馨友さん、廖鳳汝さん、趙翊君さん、岑潔芝さん、瑞蘭国際出版の王愿琦社長、葉仲芸副編集長及びスタッフたちに感謝の意を申し上げます。

序

　　本書為教育部「高教深耕計畫」子計畫「用外語說臺灣文化」的成果之一。與過去相比，大學院校的學生多了許多赴國外留學以及國際交流的機會。學生們透過這些機會可以更加瞭解外國的種種文化，但對於臺灣文化似乎反而不是那麼清楚，被外國人問到關於臺灣的問題時，常有答不出來的狀況。本計畫就是為了幫助學生以及讀者如何運用自己所學的外語，介紹臺灣文化給外國人而開始的。

　　「用外語說臺灣文化」這套書共有 9 語種，包含日文、英文、韓文、西班牙文、法文、阿拉伯文、俄文、土耳其文、德文，都是以雙語編寫（臺灣華語＋外語），但並非以對譯方式，臺灣華語的部分主要只寫每個主題的大意。

　　筆者在撰寫日語版時，考慮到本書的主要讀者除了日本人之外，還有臺灣眾多的日語學習者，因此也會依據主題的內容，加上一些相關的日本小知識，藉以讓讀者作為臺日文化的比較參考。希望可以透過此書，讓讀者能夠培養出注意日常生活小細節的習慣。

　　此外，筆者在日本留學時，因為自身對於跨文化交流抱持著高度的興趣，因此，在撰寫時，不僅僅介紹臺灣，也會一邊與自己在日本的親身經歷做對比。希望可以透過本書，不僅僅是讓臺灣的讀者，也能讓日本的讀者學到有關臺日兩地的知識。惟筆者的專業為語言學，並非文化研究，若書中有錯誤、或與讀者經驗不同之處，還請讀者多多指教。

　　最後，要感謝給予筆者參與這個計畫的機會的政治大學外語學院阮若缺院長，以及撰寫時給予意見的實踐大學關口要教授、政治大學日本研究學位學程的石原忠浩教授，還有協助收集資料的政治大學的簡文玲、吳晶晶、洪嘉君、張馨友、廖鳳汶、趙翊君、岑潔芝7位同學，以及瑞蘭國際出版的王愿琦社長、葉仲芸副總編輯和幕後團隊。

目次

背景（緣起）　　　　　　　　　　　　　　　……002

序（序）　　　　　　　　　　　　　　　　　……004

第一章 台湾の基礎情報
（臺灣的基本資料）　　　　　　　　　　　……011

1 台湾の基礎情報 （臺灣的基本資料）　　　……012

2 歴史 （臺灣簡史）　　　　　　　　　　　……014

3 地理 （臺灣地理）　　　　　　　　　　　……019

4 台湾人の民族性 （臺灣人的民族性）　　　……034

5 台湾の宗教 （臺灣的宗教信仰）　　　　　……037

6 台湾人の姓 （臺灣人的姓氏）　　　　　　……041

7 台湾人の名前 （臺灣人的名字）　　　　　……043

8 ボボモフォ （ㄅㄆㄇㄈ）　　　　　　　……046

9 祝祭日 （臺灣的節日）　　　　　　　　　……049

第二章 台湾の生活（臺灣的生活）　　　……069

1 食生活 （食）　　　　　　　　　　　　　……070

2 ファッション （衣）　　　　　　　　　　……092

3 住宅 （住） ……095

4 交通 （行） ……109

5 教育「小学校」（教育「小學」） ……126

6 娯楽 （樂） ……129

7 結婚披露宴 （婚宴） ……139

第三章 台湾のトリビア
（台灣的冷知識）

……143

1 迷信・タブー （迷信與禁忌） ……144

2 台湾に残る日本語 （留在臺灣的日語） ……147

3 縄張り意識 （地盤意識） ……150

4 乖乖 （乖乖） ……153

5 食べ合わせ （食物相剋） ……155

6 レシート （統一發票） ……157

参考文献 （參考資料） ……160

台湾の基礎情報
臺灣的基本資料

1 臺灣的基本資料

臺灣位於日本的西南方，搭飛機至日本東京大約 3 個小時。臺灣是一個海島國家，東臨太平洋，北方是東海，南方隔著巴士海峽和菲律賓相望，西邊跨過臺灣海峽即是中國的福建省。臺灣和日本的與那國島直線距離僅約 110 公里。

台湾（中華民国）の国旗

至 2020 年的 3 月為止，臺灣約有 2400 萬人，數十種以上的民族居住在這裡，是個多民族的國家。歷史可以劃分為 6 個時代：史前時代、荷治時期、鄭成功時期、清領時期、日治時期以及民國。

臺灣在憲法上正式的名稱為中華民國，是由孫中山於 1911 年所建的東亞第一個民主法治國家。但是在建國後，中國大陸相繼爆發了軍閥內戰以及對日的八年抗戰。抗日期間，中國國民黨與中國共產黨的「國共內戰」便已開始，第二次世界大戰後，國共內戰浮上檯面，國民黨於 1949 年敗給共產黨，因此當時的國民黨領袖，也就是蔣介石，將政權從中國大陸轉至臺灣。

根據中華民國憲法，中華民國的領土包含中國大陸、西藏、新疆、外蒙古（現在的蒙古國）、臺灣以及南海和東海的島嶼等。但在中華人民共和國建國後，國民黨政府即失去了中國大陸的領土，又因外蒙古早已是一個獨立國家——蒙古國，所以臺灣現在有實質統治權的領土除了臺灣本島以外，僅有金門群島（福建省金門縣）、馬祖列島（福建省連江縣）、澎湖群島以及綠島、東沙群島、中沙群島、南沙群島等的太平洋群島等共 165 座島嶼。

1 台湾の基礎情報

台湾は日本の南西にあり、東京からだと、飛行機でおよそ3時間ぐらいで着く、海に囲まれている島国である。東は太平洋、北は東シナ海に面しており、南はバシー海峡を挟んでフィリピンと、西は台湾海峡を挟んで中国の福建省と向き合っている。日本の与那国島までの直線距離は僅か110キロほどである。

2020年3月現在、人口はおよそ2400万人で、十数以上の民族が住んでいる多民族国家である。歴史は先史時代、オランダ植民時代、鄭氏政権時代、清朝統治時代、日本統治時代、現在（中華民国）と6つの時代に分けられている。

台湾の憲法上の正式な国名は中華民国であり、1911年に孫文によって建国された東アジア最初の民主法治国家である。しかし、建国後も軍閥による内戦、そして日中戦争が立て続けに勃発した。日中戦争の終戦後、日中戦争の間に既に密かに続いていた中国国民党政府と中国共産党の衝突が表面化し、やがて1949年に国民党政府が共産党に敗戦した。そのため、当時の蒋介石元総統が止むを得ず政府を台湾に移転させてきた。

中華民国憲法によると、中華民国の領土はチベット、新疆等を含む中国大陸、現在のモンゴル国、台湾、南シナ海、東シナ海にある島々などであるが、中華人民共和国の建国後、国民党政府が中国大陸を失い、モンゴル国も早くも独立したため、現在実効支配している領土は台湾島の他に、金門島及びその周辺の島々（福建省金門県）、馬祖列島（福建省連江県）、澎湖諸島、緑島、東沙諸島、中沙諸島、南沙諸島の太平島など、大小合わせて165の島のみである。

2 臺灣簡史

　　臺灣的歷史可以追溯至距今5萬年前～7千年前的史前時代。臺東長濱及臺南左鎮等地有發現舊石器時代遺跡；臺北圓山及芝山岩則是發現了新石器時代後期遺跡。

　　西元1624年，荷蘭鑑於臺灣的地理優勢，從臺南安平登陸臺灣，之後建造了安平古堡及赤崁樓，作為政治的中心。西班牙則是在1626年從基隆登陸，並於1628年在淡水建造了紅毛城。但是西班牙受到日本鎖國政策的影響，且他們的亞洲據點——菲律賓發生了動亂，因此減少了在臺的駐軍，並於1642年被荷蘭東印度公司逐出臺灣。荷蘭進入臺灣還有一個目的是傳教，且他們還在臺發展了農業，引進了芒果及釋迦等農作物，將臺灣作為稻米及砂糖的產地。明朝滅亡後，鄭成功為了反清復明，1662年驅逐了荷蘭東印度公司，將臺灣作為基地。但在鄭成功死後，臺灣1683年被大清攻陷，編入大清版圖。

台北MRT北門駅にある劉銘伝についての紹介

日本統治時代の神社の社務所（嘉義県の嘉義神社）

大清原本不重視臺灣，直到發生牡丹社事件等事件之後，才派遣沈葆楨、劉銘傳來臺建設，拓展道路，建設電報、鐵路、砲台等現代化設施。在開放外國人進入臺灣之後，有許多傳教士來臺傳教並進行醫療及教育活動，例如馬偕牧師就建立了一家醫院及學堂等。

日本統治時代の神社の社務所（嘉義県の嘉義神社）

1894 年的甲午戰爭，清廷敗給日本，因此將臺灣及澎湖割讓給日本，開始了 50 年的日治時代。當時也發生了原住民的抗日運動以及民族自決運動，日本當局為了安撫臺灣人民，一方面尊重臺灣人的風俗習慣，一方面推動了皇民化運動。日本又為了將臺灣作為物資供給據點，進行了建設鐵路及開闢港口、設置郵局等基礎建設。另外，還施行土地調查、建立戶籍制度等，並發展農業。

1945 年隨著日本戰敗，臺灣及澎湖由中華民國政府接收。但這幾年臺獨派質疑這個措施是否合法，姑且不談此問題，國民政府來臺後，初期因為通貨膨脹與習俗不同等摩擦，引發二二八事件，造成本省人與外省人的鴻溝加深。之後 1949 年國共內戰失利的國民政府敗走臺灣，於是有了「中華民國」與「中華人民共和國」兩個中國之對立，而中華民國在聯合國等國際組織上越來越沒有影響力，最終不受國際承認是一個獨立國家。

2 歴史

　台湾の歴史は今から5万年前～7千年前の史前時代まで遡れる。台東県長浜郷や台南市左鎮、苗栗大湖郷では旧石器時代の遺跡が発見され、台北市の円山、芝山岩などでは3千5百年前～2千年前の新石器時代後期の遺跡が発見されている。

　西暦1624年に、中国大陸や日本に近いという地理的な条件のよさから、オランダが貿易拠点にしようと、現在の台南市安平区から台湾に上陸し、ゼーランディア城（熱蘭遮城；現在の安平古堡）とプロヴィンティア城（普羅民遮城；現在の赤崁楼）を建造し、政治の中心として使用していた。一方、スペインは1626年に鶏籠（現在の基隆港）から上陸し、サン・サルバドル城（聖薩爾瓦多城）を建造し、さらに1628年に淡水にサント・ドミンゴ城（聖多明哥城；現在の紅毛城）を建造した。しかし、スペインは日本の鎖国政策、さらに、アジアの拠点であるフィリピンの反乱により、台湾にいた駐屯軍の数を減らし、やがて1642年にオランダ東インド会社に台湾から追い出された。

　オランダが台湾に進出した目的は貿易の他に、宣教が挙げられる。また、農業（プランテーション）を発展させるために、オランダは漢人を労働力として募集し、マンゴーや釈迦頭（バンレイシ）、波羅蜜（パラミツ）などの新しい作物を導入し、台湾をお米、砂糖の生産地に作り上げた。

　中国大陸で明国が滅亡した後、明の遺臣である鄭成功が「反清復明」（清国を打倒し、明国を再興する）を掲げ、1662年にオランダ東インド会社を追い出し、清に対抗する拠点として台湾に政権を樹立した。鄭成功の死後、鄭の息子である鄭経が政権を受け継いだが、1683年に清国の施琅によって攻め落とされた。それによって、台湾は清に編入された。台湾統治について、初

日本統治時代の元台湾総督官邸（現在の台北賓館）

めの頃あまり積極的でない清だったが、宮古島島民遭難事件、牡丹社事件などの騒乱をきっかけに、沈葆禎、劉銘伝を台湾に派遣し、東部に結ぶ道路を開拓したり、電報や鉄道、砲台などを作ったり、新しい学校を設立したりし、近代化を加速させた。

　外国人が自由に台湾に進出できるようになってからは、キリスト教とカトリック教の宣教師が来台し、宣教のかたわら医療活動や教育活動も行った。特に長老派教会が様々な貢献をした。マッカイ（台湾名：馬偕）は病院、牛津学堂（オックスフォードカレッジ）、女学堂を設立した。西洋文化もこの時期に台湾に入ってきた。

　1894年の日清戦争において、清が日本に敗戦したため、下関条約を締結し、台湾及び澎湖諸島を日本に割譲した。これにより、50年間続いた日本統治時代が始まった。

　日本統治時代には原住民による抗日抗争や民族自決運動も起きていたが、日本は台湾人固有の風俗を尊重しつつ、皇民化運動を推進した。日中戦争の資源物資供給の拠点とするため、この時期に鉄道建設や基隆港、高雄港の築港、郵便局の設置などのインフラ整備も行われた。他に、土地調査が行われたり、戸籍制度が作られたりした。稲の品種改良や製糖方法の改善など、農業も発展した。日月潭発電所なども建設され、工業化が進んだ。

　1945年の終戦後、台湾及び澎湖諸島が中華民国に接収されたが、法的に正当性があるか、近年台湾独立派が疑問視している。それはともかくとして、国民政府が台湾に来てから、インフレに加え、習慣の違いなどによる摩擦もしばしばあったため、やがて二二八事件が起き、外省人との溝が深まった。

　1949年に国民政府は台湾に敗走してきて、同じ年に中国共産党が中国大陸で中華人民共和国を成立させたため、中国が世界に2つ存在することになった。国連などでは国民政府の影響力が次第に薄れ、やがて国として認められなくなった。

3 臺灣地理

　　臺灣的面積與日本九州差不多，但縣市數量大約是九州的 2.5 倍，人口也是九州的大約 2 倍。中央山脈縱貫整個島嶼，大部分的人口集中於交通便利的西部。地形分布大約是平原 31%、丘陵 40%、山地 29%。地形起伏大，留不住雨水，因此經常有缺水的情況。

　　在臺灣，北回歸線以北屬於亞熱帶氣候，以南屬於熱帶氣候。雖有四季，但沒日本明顯。日語說「暑さも寒さも彼岸まで」，意味著只要過了春天和秋天的「彼岸」（以春分和秋分為中心的前後三天），就要換季了。日本氣象廳也會發布「春一番」（春天從南方吹的強風）、「木枯らし」（冬天從北方吹的強風；字面意思為「把樹弄枯」）這兩個季風，宣布春天與冬天的到來。而在臺灣，基本上是透過「春雷」得知春天是否到來，只是臺灣的春天如「春天後母面」所云，變化很大，並不像日本的春天給人一種舒服的感覺。此外，開春的「返潮」，會造成地面、牆壁或物品的表面溼答答的，也是令人討厭的現象。臺灣的梅雨季比日本早一個月，過端午節以後即象徵夏天的到來。夏天雖然很熱，但也不像日本某些地方會超過 40 度的高溫。而在進入9 月後，白天越來越短，才終於有入秋的感覺。雖然也有紅葉，但不像日本會整座山染紅。冬天基本上氣溫仍有 20 度左右，惟寒流來襲的時候也會有幾天很冷的日子，此時會有很多遊客到山上追雪。

開花した桜の横には常緑樹

3 地理

　台湾の面積はおよそ3万6千平方キロメートルで、九州と同じぐらいである。九州は7つの県によって構成されているが、台湾は北から基隆市、台北市、新北市、桃園市、新竹市、台中市、嘉義市、台南市、高雄市の9つの市と新竹県、苗栗県、彰化県、南投県、雲林県、嘉義県、屏東県、宜蘭県、花蓮県、台東県の10の県からなる（離島の澎湖県、金門県などを含まず）。人口は2020年現在2,357万でおよそ九州の倍である。島の真ん中に中央山脈が縦に走っており、島を二つに分断しているようになっているので、人口のほとんどは交通の便のよい西部に集中している。地形について、標高が100メートル以下の平地が31%、標高が100〜1000メートルの丘陵地が40%、標高が1000メートル以上の山地が29%ぐらいである。勾配が激しいので、降水量の多い時期でも水がたまらず、水不足になることがしばしばある。

　気候は花蓮、嘉義を跨る北回帰線を境目に、それより以北が亜熱帯気候で、それより以南が熱帯気候である。季節は日本と同じように春夏秋冬の4つあるが、日本ほどはっきりしていない。

　日本では「暑さも寒さも彼岸まで」と言うが、台湾でも春節を過ぎると暖かくなる。また、日本では春一番が春の到来を象徴している。台湾では春一番に相当する言い回しがなく、3月頃に「春雷」という雷が聞こえたら、春の到来であると言われている。台湾のことわざ「春天後母面」と言われるように、台湾の春の天気は「（シンデレラなどの話の継母のイメージのように）継母のように意地悪で」変化が激しい。また、桜の季節ではなく、新年度も9月から始まるので、日本のようなワクワク感がない。むしろ嫌な季節だ。「返潮」という現象も起きる。「返潮」とは、冬の低い温度で冷えた室内の床や

夏の合歓山

　壁に暖かい春風が当たり、結露する現象である。5月は梅雨の季節で、それが
6月末の端午節まで続き、端午節をすぎると、梅雨が明け、夏の到来である。
夏は日中暑くても、38、39度ぐらいにとどまり、40度を超えるところはほと
んど聞かない。しかし、夜になっても気温はあまり下がらず、夕立が降らな
かった日は寝苦しい。9月、10月に入ると、やっと気温が下がり、涼しくな
ってくる。日も短くなるので、やっと秋の気配を感じる。たまに「秋老虎」
と呼ばれる高温の日もあるが、大体過ごしやすい。台湾の木は全く紅葉しな
いわけではないが、常緑植物がほとんどなので、日本のように山が赤に染ま
ることはない。冬も基本的に常に20度前後あるが、寒波が来た数日間に限っ
て、気温が1桁に下がることがある。室内に暖房のない家が多いので、寒さ
で心臓発作が起き、亡くなる人もいる（一方で、夏に熱中症で搬送されるこ
とはほとんど聞かず、ニュースでも全く報道されない）。平地には雪が降らな

いが、山には時々降る。雪の予報が出るたびに、それを見ようと、車で行ける標高 3400 メートルほどの合歓山に雪見客が殺到する。

　このように一応四季はあるが、春の花見、夏の花火大会、秋の紅葉狩り、冬のスキーといった季節行事がないため、季節感が薄い。

新潟の親不知海岸を彷彿させる花蓮県の清水断崖

台湾の桜

台湾の菜の花畑

3-1 颱風

　　7 月到 10 月是臺灣的颱風季節。每年登陸臺灣的颱風數量都不同，根據中央氣象局的資料顯示，一年平均約為 3 至 4 個，但 1914 年、1923 年、1952 年、2001 年較多，共 7 個。在臺灣，是以「名字」的方式來稱呼颱風，不像日本是用颱風 1 號、颱風 2 號……等編號來稱呼命名。臺灣的颱風比日本大多數地區的颱風強上許多，因此有時候會放颱風假。至於是否放颱風假，每個縣市訂有各自的基準，地方政府有權決定是否放假。各縣市當地平均風速在 7 級（13.9m/sec ～ 17.1m/sec）以上，或是瞬間風速在 10 級（24.5m/sec ～ 28.4m/sec）以上，亦或是 24 小時降雨量在 350mm 以上（山地 200mm 以上）時，就會透過電視等媒體，在颱風登陸的前一晚，或是地方政府敲定要停班停課的當日清晨，發布停班停課的訊息。除了農

台風でなぎ倒されたガジュマル（筆者が勤めている大学構内）

台風でなぎ倒されたガジュマル

漁民以外，期待放颱風假的民眾還不少，不過有時候放了假以後卻無風無雨，或是不放假卻大風大雨，造成怨聲四起。日語裡有個成語叫做「台風一過」，意思類似中文的「雨過天晴」，從字面就可以知道這個成語是從颱風離開後立即轉晴的情況演變來的。但臺灣在颱風過後，因為西南氣流流入的關係，有時在南部、西南部會下起比颱風天還大的大雨，釀成水災。歷史上較大的風災有 1959 年的「八七水災」、1999 年的賀伯颱風、2009 年的莫拉克颱風等。

3-1 台風

　台湾は日本より緯度が低いため、梅雨入りは5月あたりで、梅雨明けは6月、7月から10月にかけては台風の季節である。台湾は台風の形成されやすいフィリピン海に近いので、台風銀座である。台湾に上陸する台風の数は年によって異なるが、台湾の中央気象局が発行した『颱風百問』によると、一年に平均3ないし4回で、最も多い年は1914年、1923年、1952年、2001年の7回である。台湾は日本のように、台風の呼び方を台風1号、台風2号などではなく、台風ごとに違う名前で呼んでいる。その名前は台湾が独自につけたものではなく、世界気象機関に加盟する日本や中国、フィリピンなど、14カ国の台風委員会がつけた計140の名前からなる表から順に採用されたものである。台湾の台風はあまりにも勢力が強すぎるため、台風休みになることもしばしばある。台風休みになる基準は各自治体でやや異なるが、平均風速が7級（13.9m/

台風でなぎ倒されたガジュマル

台風の爪痕（筆者の自宅付近）

sec ～ 17.1m/sec）以上または瞬間風速が 10 級（24.5m/sec ～ 28.4m/sec）以上に達する場合、あるいは 24 時間降水量が 350mm 以上（山地で 200mm 以上）など、いずれの基準の一つを満たせば、学生だけでなく、政府機関、一般企業に勤めている人も台風休みの対象になる。市や県は気象局の気象情報を通して、台風が上陸する前日の夜にテレビで発表することが多いが、台風が上陸する当日の朝発表することもある。農家など一部の人を除き、台風休みを期待する人も少なくない。しかし、実際予報とは違って、休みになったのに、あまり風が吹いていなかったり、雨がそれほど強くなかったりすることがあり、それで遊びに行ったりする人もいるため、時々そうした人に対する批判や政府に対する苦情も聞かれる。

　台風が去った後も日本の「台風一過」というように快晴になることはあまりない。湿気を多く含む南西気流が流れ込んでくるため、特に南部、南西部は大雨になることが多く、台風以上の災害がもたらされることもある。

　歴史上大きな台風災害として有名なのは 1959 年の「八七水災（水害）」、1999 年の賀伯（ハーブ）台風、2009 年の莫拉克（モーラコット）台風による「八八水災」などである。

3-2 民族

　「臺灣人」其實包含了各種民族，其中人數最多的是漢民族，占總人口的 97%，剩下的 2% 為原住民。

　漢民族包含明清時期從福建省泉州、漳州移民來的閩南人以及客家人，還有於 1949 年跟隨戰敗的國民黨一起來臺的其他省分的人。過去，人們習慣將 1949 年前移民來臺的人稱為「本省人」，1949 年後的移民稱為「外省人」。但現在，人們認為「只要住在臺灣並持有臺灣的國籍，大家就都是臺灣人」。因此，因結婚等的理由從東南亞移民來的「新住民」也一樣是臺灣人。

根據行政院的資料顯示，臺灣的原住民有泰雅族、賽夏族、布農族、鄒族、邵族、排灣族、魯凱族、卑南族、阿美族、雅美族、噶瑪蘭族、太魯閣族、撒奇萊雅族、賽德克族、拉阿魯哇族、卡那卡那富族等 16 個族群。但一般大眾較熟悉的民族，如「九族文化村」這個遊樂園的名字所示，只有 9 個民族。日治時期，原住民雖被統稱為「高砂族」，但其實原住民不論是居住地、文化以及語言都各不相同。例如，泰雅族大多居住於臺灣的北部；布農族、鄒族、邵族、排灣族居住於中南部；卑南族、阿美族、雅美族則居住於東部的山地。原住民因為屬於少數民族，不論在哪一個時代都屬於弱勢族群。日治時期，曾有原住民反抗過日本人，閩南人也曾以「番仔」稱呼原住民。很多人對原住民的刻板印象是喜歡喝酒，誤認為他們大白天就在喝。另外還有俊男美女多，很會唱歌等印象，像是在日本相當有名的徐若瑄也有原住民的血統。

客家人雖非少數民族，但也和原住民一樣居住地分布於各地。如新竹、苗栗以及美濃都是有名的客家庄。客家族群有著自己的語言，也有獨特的飲食文化。

3-2 民族

一口に台湾人と言っても、様々な民族がいる。最も多いのは漢民族で、総人口のおよそ 97% を占めている。2% は台湾原住民（先住民）である。漢民族は中国の明、清の時代に台湾に移住してきた福建省泉州、漳州の閩南人や客家人、そして 1949 年に国民党の共産党への敗戦に伴い、来台した中国の多省の人である。ひと昔前までは明、清の時代に移住してきた人を「本省人」、国民党と一緒に来た人を「外省人」と呼ぶ習慣があったが、現在は基本的に台湾に住んでおり、台湾籍を持っていれば、みんな台湾人だという意識が強まっている。そのため、結婚などの理由で東南アジアなどから移住してきた「新住民」でありながらも、台湾籍を取得していれば、台湾人として扱われる。原住民は台湾の行政院のホームページによると、泰雅族（タイヤル）、賽夏族（サイシャット）、布農

離島「蘭嶼」の原住民「タオ族」の伝統的な漁船「チヌリクラン」

族、鄒族、邵族、排灣族、魯
凱族、卑南族、阿美族、雅美
族（または達悟族）、噶瑪蘭
族、太魯閣族、撒奇萊雅族、

魯凱族のアート

賽德克族、拉阿魯哇族及卡那卡那富族の 16 民族がある。しかし、一般的に認
知度が高いのは「九族文化村」というテーマパークの名前のように、9 民族の
みである。原住民は日本時代にはまとめて高砂族と呼ばれていたが、実はそ
れぞれ住んでいる地域も文化もことばも異なる。例えば、泰雅族だと台湾の
北部に多くいる。布農族、鄒族、邵族、排灣族は中部、南部、卑南族、阿美族、
雅美族は東部の山地に住んでいる。原住民は少数民族であるため、いつの時

代でも弱いものである。日本統治時代には日本軍へ反抗しようと、いくつかの事件を起こしたことがあるし、閩南人には「番仔」（野蛮人）呼ばわりされていた。昔、お酒が好きで、昼間から飲んでいると差別的なタグ

客家料理「美濃粄條」（米めん）

をつけられていた。美男美女が多く、歌がうまい人も数多くいる。例えば、日本でもかつて有名だったビビアン・スーも原住民の血を引いている。

　客家人は少数民族ではないが、原住民のように住んでいる地域が各地に点在している。比較的有名な地域（客家庄）は北部では新竹、苗栗、南部では高雄の美濃である。独自のことば（中国の方言のひとつとして見られている）と食文化を有している。

3-3 臺灣的水果

　　臺灣素來有水果王國的美譽，因為位在北回歸線上，屬於亞熱帶氣候，冬季溫暖、夏季炎熱、雨水充沛、光照充足，而且又因為山區的海拔高度差異大，讓臺灣連寒帶的氣候條件都有，因此被視為是水果生長的天堂。臺灣多數的水果相當便宜，甚至有時會因為水果產量過剩而滯銷，導致採收的成本高於賣水果可賺取的利潤，讓農民們選擇任其在田中腐爛。此外，一般臺灣人到市場去買水果或是蔬菜時，基本上都習慣做「挑選」。因為每樣蔬菜水果的大小及色澤多少有差異，有些蔬菜或水果可能在運送過程中受到碰撞造成外觀不佳，所以在購買時，大家都會精挑細選一番。

　　事實上，在臺灣大家常吃的水果，大多都屬於外來植物，例如：蘋果、葡萄等溫帶水果來自中亞；楊桃、芒果、蓮霧、香蕉源於東南亞；以及中南

美洲的釋迦、百香果、鳳梨、火龍果、酪梨、木瓜、番石榴等熱帶水果等等。
多種的外來水果，都因為滋味深受喜愛，最後才在臺灣被廣為栽種，融入現
在的日常生活中。不論是一般飲食、儀式祭拜、送禮、探病等等，都常會以
水果作為送禮、食用的選擇。

3-3 台湾の果物

　台湾は冬が暖かく、夏の降水量が豊富で、日照時間も長い亜熱帯気候であ
るのに加え、標高が 1,000 メートル以上の山地が面積の 29％を占めているた
め、果物の栽培にとても適している。リンゴやブドウ、桃、柿、梨、イチゴな
ど、日本でも作られている温帯フルーツだけでなく、バナナやマンゴー、パイ
ナップル、そして日本ではあまり見かけないパパイヤ、ライチ、スターフルー
ツ、グァバ、龍眼、釈迦頭、ドラゴンフルーツ、レンブなどの熱帯フルーツな
ど、様々な果物が栽培されている。フルーツ王国とも呼ばれるだけあって、行
政院農業委員会のホームページによる
と、2017 から 2019 年までの 3 年間の輸
出量が 44.5 万トンで、輸出額が 87 億ド
ルにも達している。

釈迦頭

　しかし、果物は安いが、国内で消費
されるものは質が不安定で、豊作の年の
値段と不作の年の値段の差も激しい。ま
た、傷がついていたりした、日本では商
品にならないような「訳あり」以下のも
のもふつうに売られていることがあるの
で、野菜を買う時と同じように、一つ一
つ手にして状態を確認するのが一般的で
ある。

レンブ

野菜と同じように、果物なしでは生きていけない台湾人が多いからか、スーパーや朝市の他に、八百屋でない果物専門店もところどころに見られる。騎楼（アーケード）や歩道に果物売りがいたり、道路沿いに果物を売っているトラックがいたりする。このようなところでは、一個いくらという値段設定ではなく、量り売りのほうが多い。重さの単位は「台斤」（1 台斤＝ 600 グラム）である。夜市にも果物を切り売りする露店があるなど、台湾人の果物好きが垣間見られる。

　果物狩りも日本のとは異なる。日本の果物狩りのような、入場料を払えば、時間制限内食べ放題というところはほとんど見かけない。入場料も時間制限もなく、好きなだけ取って、帰る際に取った分の重さを測ってもらって、料金を払うのが一般的で、あくまでも果物をもぎ採るのを楽しむことが目的である。

路上でイチゴを売っている人

　果物の栽培で有名な山地は北部の拉拉山や中部の武陵農場、梨山、福壽山農場などである。果物の栽培を手がけるのは原住民の他に、「栄民」

果物屋；量り売りが多い

もいる。栄民とは栄誉国民の略称であるが、中国大陸の内戦で共産党に破れ、国民党政府と共に台湾に来た元兵士である。戦争後、仕事がなくなったこれらの栄民のために、政府が提供した一つの事業が農場の開拓である。これらの農場は標高が高いので、避暑地としても利用され、また、「果樹認養」（果樹の里親）もある。一本の果樹につき千ないし数千元の料金を出せば、収穫時期にその果樹にできた果物を自由に持ち帰れるという制度である。

3-4 臺灣的溫泉

　　臺灣跟日本一樣有許多的溫泉。著名的溫泉有北投（紗帽山）、烏來、泰安、谷關、關子嶺、四重溪、礁溪、知本等，其中大多是炭酸泉和硫磺泉。

　　有些臺灣溫泉業者受到日本的影響，開始模仿日式，但基本上還是與日本大異其趣。例如，日本除了傳統的溫泉旅館以外，還有西式的溫泉飯店、公營的大眾浴池等。但臺灣幾乎沒有純日式的溫泉旅館（會幫忙鋪棉被並且在房裡用餐那種），大眾浴池也不多。不過臺灣有些溫泉餐廳，只要用餐就可以免費泡溫泉，或是折價。這些溫泉餐廳中的溫泉，基本上分成「湯屋」和「大浴池」，有些店家不管選擇哪一種收費都一樣。然而，臺灣的湯屋不像日本有乾濕分離，且有些店家規定要兩個人以上才可使用。至於臺灣的大浴池，有些店家規定必須穿泳衣，是男女共用，也跟日本男女分開的裸湯差很多。另外，日本的溫泉有些收當天往返的遊客只收到下午3、4點，這跟臺灣也很不一樣。臺灣即使是溫泉飯店，似乎也很少有裸湯的大浴池，但反而每間房間都有浴室，而且是溫泉水，這在日本人看來是非常奢侈的。但有些溫泉飯店的房間浴室沒有清水可以用，有時反而令人困擾。還有臺灣有些溫泉飯店也沒有提供晚餐，一般遊客都會自備糧食或是到附近的餐飲店用餐，而早餐與大部分的旅館一樣，會提供清粥小菜跟麵包。

3-4 台湾の温泉

　台湾は日本と同様に温泉が豊富な島国である。有名な温泉地として、北部は台北市の北投（紗帽山）温泉、新北市の金山温泉、烏来温泉、苗栗の泰安温泉、中部は台中の谷関温泉、南投の廬山温泉、東埔温泉、南部は台南の関子嶺温泉、高雄の宝来温泉、不老温泉、屏東の四重渓温泉、東部は宜蘭の礁渓温泉、鳩之沢温泉、花蓮の安通温泉、紅葉温泉、瑞穂温泉、台東の知本温泉、離島緑島の朝日温泉などが挙げられる。泉質は炭酸泉と硫黄泉がほとんどである。筆者は小さい頃にほとんど硫黄泉に入っていたので、初めて炭酸泉に入った時、ただのお湯ではないかと思った経験がある。

　台湾の温泉はこの頃、日本の影響で、経営形態を変えるところも見られるが、基本的に日本とはかなり異なっている。例えば、筆者の知る限り、日本は温泉旅館を始めとして、温泉ホテル、共同浴場といろいろあるが、台湾は温泉旅館がなく、

ただで入浴できる共同浴場（四重渓温泉）

台湾の内湯付きの温泉宿

台北で一番有名な北投温泉にある「地熱谷」

共同浴場も少ない。昔、よく通っていたのは温泉レストランで、そのような温泉は今も北投（紗帽山）温泉に数多く残っている。食事をすれば、ただで温泉に入ることができるか、入湯料が安くなる。温泉は個室と大浴場に分かれているが、場所によっては料金が同じところもある。しかし、個室は日本の貸切温泉ほど整備されていない。脱衣所がなく、そして、基本的に一室二人以上使わなければならない。大浴場も日本のと違って、混浴が一般的であるが、水着の着用が必要で、海外のスパに近い感じである。このような施設はあくまでもレストランであり、宿泊施設ではないため、営業時間内ならいつでも行くことができる。そのため、筆者は初めて日本の日帰り湯に入れる時間が決まっているところもあることを知った時、とても驚いた。

　温泉ホテルでも大浴場がないところがかなりある。そのかわり、部屋に浴室があり、しかも蛇口をひねると温泉が出るという日本ではあまり見られない贅沢な入り方が可能である。しかし、温泉レストランの個室のように、真水が出ないところがほとんどである。それで、体についた硫黄成分などを洗い落としたくても流せないこともある。夕食が出ないところがあり、そのようなホテルに泊まる時は、カップ麺などを持参するか、近くのレストランで食べるのが一般的である。そのようなホテルでも、朝食は大体ついている。料理は、他の宿泊施設と同様に、主にお粥や食パンである。

4 臺灣人的民族性

　　日本麗澤大學井上優教授在他的著作《相席で黙っていられるか》中提到的日本人與中國人的差異，有些也適用於臺灣。例如日本人去爬山的時候，會跟不認識的人打招呼，臺灣人幾乎都是默默地爬自己的。井上教授認為這是因為華人愛聊天，所以只有知道可以坐下來慢慢聊的時候才會開口，最典型的情況就是搭計程車的時候。

　　筆者很多日本朋友都說臺灣人很親切。而筆者繞了日本 47 個都道府縣，不覺得日本人不親切，但可以理解為什麼日本人會特別感覺臺灣人很親切。例如問路時，日本人不一定會親自帶你去，臺灣人就熱心多了，常常會親自帶你去到目的地。另外也常有人說臺灣人會讓座，日本人不會，日本的大都市確實有此傾向，但實際上地方都市就未必如此。不過很可惜的是，比起被載的時候，臺灣人開車的時候，禮讓觀念跟日本比還有很大的進步空間。

　　服務業上，臺日兩地也有很大的文化差異。例如在日本的速食店買飲料時，店員會問客人需不需要幫忙插吸管。日本有著外國沒有的服務精神（日語稱為「おもてなし」），給客人賓至如歸的感覺是他們的目標。許多傳統的旅館不但一定包含兩餐，提供的菜色還多到讓人吃得很撐，據說也是這個服務精神的體現。臺灣因為沒有這樣的文化，有些客人也不喜歡店員一直黏著自己，不知是否因為如此，店員不一定會一一招呼客人，對日本人來說，反而看起來很不可思議。

4 台湾人の民族性

　麗沢大学井上優教授はそのご著書『相席で黙っていられるか』で日本人と中国人の差異についていろいろ語られている。その中で「なるほど、台湾人もそういうところは中国人と同じだね」と思ったことが多々ある。例えば、日本人は山登りに行った時、すれ違った登山客と「こんにちは」と言ってあいさつするが、中国人はそういう場合にはあまりしないという。おしゃべり好きなので、長くしゃべれないとわかる時は口をきかないのである。反対に、長時間しゃべれる時は知らない人同士でもすぐ話をする。台湾人も同じで、最も典型的な場面はタクシーの車内で、世間話や政治の話など、運転手からだけでなく、乗客も自ら運転手に話しかけたりする。筆者が数年前に台南へ遊びに行った時、たまたま入った飲食店で観光客と思しき 50 代の男性同士が相席になり、二人は席に着くや否やすぐ「どこから来ましたか。」「どこを観光する予定ですか。」などと話に花を咲かせていた。その本を読んだ後だったので、これまで特に不思議に思ったことのない出来事を新鮮に感じた。

　台湾人は親切だということは、台湾に来たことのある筆者の日本人の友人によく聞く。筆者も日本の 47 都道府県を回って、日本人は親切ではないと感じたことは別にないが、台湾人の親切さは日本人からすれば、お節介と言ってもいいほどかもしれない。これも筆者が日本留学中に台湾に帰省した頃に改めて感じたことである。ある日、バスの乗車中に行き先を間違えて乗ってきた高齢者がいて、その人は乗ってから運転手に行き先を確認した。乗客が間違っているのを知った運転手は、次のバス停も待たずに、すぐバス停でないところにその乗客を降ろし、道路の反対側のバス停に行くようにと勧めた。二人の会話が聞こえた他の乗客は、さらにその乗客に行こうとしている場所を聞き、バスの番号（系統）を教えた。日本人だったらそこまではやらない

だろうと思った。また、道を聞かれた時に、台湾人は時々行き方を教えるだけではなく、近くだったら、目的地まで案内することもある。

　台湾人の親切さはバスや電車の車内にも現れる。よく言われるのは台湾人（の若者）は高齢者や身障者に席を譲ることである。確かに東京などの大都会と比べると、台湾人は優先席を譲る傾向があるように思える。しかし、乗客ではなく、運転する側になると、人が変わる人もいる。実際、日本と比べると、歩行者に道を譲らない車が多い。道路ではトラック・バスの大型車両＞小型車＞オートバイ＞自転車＞歩行者という順で「優先権」があるようなイメージがある。

　客として何かの店に行った時に、台湾人の優しさはどこへ行ったかと思うこともある。日本では、お客様は神様と言われているように、客側に立っている時はかなり気持ちいい。筆者は日本のマクドナルドで、初めて店員さんに「ストローを挿しましょうか」と言われた時に、「ここまでやってくれるんだ」とびっくりしたことがある。台湾では店によっては、客が来てもスマホを弄っていたり、店員同士でおしゃべりを続けていたりして客を無視するところがある。仕事中にプライベートのことをやるのは、店だけでなく、事務系の職場でもふつうにある。仕事中にSNSを更新したり、通話アプリなどで友人とおしゃべりしたりするのは日常茶飯事である。

5 臺灣的宗教信仰

臺灣是多宗教信仰的國家，主要信仰的宗教為佛教與道教。基督教、伊斯蘭教及其他宗教的信眾雖為少數，但也不是沒有信徒。比較特別的是，道教與佛教很多地方都混在一起了。

臺灣的佛教與日本的佛教之共通點在於神明的名字與寺廟名，例如只要看到○○菩薩、○○觀音、○○佛等，就可以知道是指佛教的神明，○○寺一定是指佛教的寺廟。比較不同的是，臺灣的和尚不能結婚，也不可以吃肉，日本則兩者都允許。

「慈濟」跟「中台禪寺」、「佛光山」是臺灣有名的佛教團體，但有時候會被批評牽涉太多俗事。

○○宮跟○○廟屬於道教或民間信仰，但這些廟宇有時也會祭拜佛教的神明。在臺灣，佛教、道教與民間信仰基本上都會用到線香跟金紙，但線香的用法跟日本不同，在日本有一次上一整把的情形，而不是像臺灣一樣一尊神像只上一炷香。臺灣的宮廟信仰深植人心，尤其媽祖的信眾特別多，每年

八家將

金紙

媽祖遶境萬人空巷，已被譽為全世界三大宗教活動之一。此外，臺灣還有所謂的「陰廟」，指的是「主祀無主孤魂的廟」。這些廟宇據說求財特別靈驗，但如果沒有去還願，就有可能遭到報應。

在臺灣，有些家庭即使沒有特別信仰的宗教，也會在家裡設置神明廳擺放「佛桌」，上面供奉佛像與（或）祖先牌位，早晚各上一次香。而在日本，擺在高處的「神棚」是用來祭拜神明，放在低處的「佛壇」則是用來祭祖的，上香的習俗也與臺灣不同，不會天天上香。

彰化県の芬園宝蔵寺

道教の廟

5 台湾の宗教

台湾は多宗教国家で、主に信仰されている宗教は仏教と道教で、キリスト教及びイスラム教、他の宗教の信者も少数派ながらいる。ところどころ仏教と道教、民間信仰が混ざっている部分がある。

台湾の仏教は日本の仏教と共通する部分がある。例えば、○○菩薩や○○観音、○○仏といった名前がついていれば、仏教の神様である。宗教施設は「龍山寺」や「中台禅寺」のように「○○寺」という名前になっている。異なる部分もある。台湾のお寺の住職は結婚ができず、肉も食べてはならないことになっている。

仏教の法人団体は台湾中にある「慈済」や南投県の「中台禅寺」、高雄市の「仏光山」が有名である。そのような団体の中に莫大な財力を持つところがあり、お寺であるにも関わらず、建物が煌びやかで仏教のイメージにふさわしくないとか、お坊さんがスポーツカーに乗っている様子を週刊誌が取り上げたとか、議論を醸し出している。

道教と民間信仰の施設は「行天宮」「指南宮」のように「○○宮」または「孔廟」や「城隍廟」のように「○○廟」といった名前である。

「行天宮」は主に恩主公こと、関羽が祀られ、「指南宮」は主に「八仙」が祀られ、「孔廟」は孔子が祀られ、「媽祖廟」は媽祖こと林黙娘が祀られている。これらの寺院で祀られている神様は神格化された特定の人物であるのに対し、「城隍廟」で祀られている「城隍爺」は官僚の名前で、地方によって神様が違うようである。また、これらの寺院の中に、仏教、道教、民間信仰の他の神様が祀られていたりする。

この３つの宗教は基本的に全部線香と「金紙」を使うが、線香の使い方は

日本と違い、一柱の神様に対し線香を1本使う。そのため、大きい寺院を参拝する際には、最初1束の線香を持つ。

道教、民間信仰の「宮廟信仰」は台湾に深く根ざしており、特に媽祖信仰の信仰者が多く、毎年の「媽祖遶境」（媽祖の像を運んで全国を回るイベント）に全国各地の信仰者が殺到し、その盛況はニュースにもなるほどである。

残念なことに、信仰者の多さから金が集まるため、場所によっては反社会的勢力が宮廟を支配するところもある。そのようなところに学校をドロップアウトした若者が集まり、

筆者の実家の仏卓

祭りで街を練り歩くなどの行列「八家将」を担当しているが、日本で言うところのヤンキーも多いため、インターネットでは、八家将の発音に近いところから、そのような若者は「8＋9」というやや軽蔑的な呼び方をされている。

上記の寺院とは別に、「陰廟」と呼ばれるところもあり、「陰廟」とは無縁仏を祀るお寺のことである。そのようなところでは特に金運に関する願いかけをすると御利益があると言われているが、お礼参りをしないとバチが当たるそうである。

特にこれといった信仰のない人でも、家庭によっては「仏卓」が置いてある。「仏卓」は家によっては日本の家庭の神棚と仏壇の合体のようなものもあり、片方に仏像が、片方に先祖様の位牌が置かれている。筆者の家では旧正月や端午節など特定の祭日だけでなく、毎日朝晩も線香を上げる習慣がある。

6 臺灣人的姓氏

臺灣人的姓氏與世界各地的華人基本上相同。除了單姓以外，也有「複姓」這樣特殊的姓氏，《三國志》中登場的知名人物如諸葛亮、司馬懿都是複姓，但是這些複姓在臺灣並不常見。據內政部資料顯示，臺灣最常見的複姓前五名分別是：「張簡」、「歐陽」、「范姜」、「周黃」、「江謝」。另外，據說臺灣人的姓氏和日本人的姓氏一樣具有區域性，意即在特定地區內同樣姓氏的人會較多。以日本的宮城縣為例，「阿部」、「佐藤」、「千葉」都是當地的大姓；臺灣的「范姜」姓在北部的桃園市、新竹市（客家族群）較常出現。

臺灣人基本上從父姓，但也有些家庭從母姓，且也不一定都是因為父親入贅。在臺灣，姓氏和名字不同，姓氏一旦決定後就不太會變，但臺灣早期的女性就未必如此，這和日本法律規定女性在婚後必須改成夫姓有點類似。以往臺灣的女性在婚後必須冠夫姓，例如原本姓「林」的女性若跟姓「王」的男性結婚，婚後就會變成姓「王林」。日本女性和臺灣男性結婚時，同樣適用這條規定，因此雖然少見，但仍有像「葉菅野」這樣三個字（以上）的姓氏。現在，臺灣因為修過法的關係，已與日本不同，不但夫妻婚後仍可保有自己原本的姓氏，也可以自由選擇要讓小孩從父姓或是從母姓。

6 台湾人の姓

　台湾人（漢民族）の姓は基本的に中国人と変わらず、台湾の内政部の資料によると、2018 年 6 月現在の台湾の姓は 1,832 種類あり、多い姓は 1 位から 10 位まで順に「陳」「林」「黄」「張」「李」「王」「呉」「劉」「蔡」「楊」である。「複姓」という特殊な 2 文字の苗字もあり、『三国志』に登場した有名人物の「諸葛亮」「司馬懿」「夏侯惇」の「諸葛」「司馬」「夏侯」がそうである。これらの複姓は台湾ではほとんど見かけない。台湾の複姓のトップ 5 は順に「張簡」「欧陽」「范姜」「周黄」「江謝」である。台湾人を含む漢民族の姓は日本と同じように地域性があり、特定の地域で同じ姓の人が多いと言われる。例えば、上記にもある「范姜」は北部の桃園市、新竹市（の客家人）に多い。また、それとは別に、筆者の「葉」という姓は現在の中国の河南省あたりから発祥したと言われる。中国には「諸葛村」があるそうである。ちなみに、筆者が留学していた宮城県では「阿部」や「佐藤」「千葉」が多いそうである。

　台湾人の姓は基本的に父に従うが、母に従う家庭もある。婿養子の家庭とは限らない。姓は、下の名前と違い、現在は基本的に一生変わることがないが、昔の女性は日本人の女性のように、結婚後苗字が少し変わった。結婚したら、本来の姓の前に夫の姓を付け加えなければならなかった（中国語で「冠夫姓」と言う）。例えば、ある姓が「林」の女性が、姓が「王」の男性と結婚すると、姓が「王林○○」になる（婿入りの場合は、男性が女性の姓を本来の姓の前につける）。これは台湾人と日本人が結婚した場合も適用されたため、例えば「葉菅野」のように三文字（以上）の珍しい姓となる場合もあった。しかし、今は法律が改正され、結婚しても夫婦別姓が一般的で、子供がいる場合、先に述べたように父の姓か母の姓を自由に選択できる。

7 臺灣人的名字

　　日本人的名字基本上是由父母或是祖父母取名，臺灣人的名字卻未必如此。在古代，父母取「名」，學校老師取「字」，自己幫自己取「號」，但現在一個人基本上只取一個名字。有時家裡會請算命師取名，且給算命師取名的理由很多，像有些人是因為覺得自己想的名字不夠好聽，但大多數人是因為相信名字會左右一生的命運，而命運的好壞與姓名的筆劃大有關連，因此請算命師取名的時候特別重視這一點。儘管大家這麼重視名字，卻未必每個人都說得出自己的名字有什麼意思。另外，不論是給誰取，也會因時期的不同而有當時流行的名字，進而出現了所謂的「菜市場名」。而在過去識字率低且男尊女卑的社會裡，有些臺灣人會將自己的希望寄託且反應在孩子的名字上，導致所取的名字不甚文雅，例如很多女性名為「罔市」、「罔腰」或是「招弟」。「罔市」、「罔腰」的台語意思即為生都生了，只好養一下；「招弟」則是希望下一胎是男的。又，臺灣和日本不同，一生最多可以改名3次，日本原則上若沒有重大的理由，不可以改。因此，在臺灣與多年不見的臺灣朋友重逢時，有時候對方名字可能已經變了。

　　除此之外，臺灣大部分的上班族都會取一個英文名字，理由雖不太清楚，但較常聽到的說法是因為中文的發音對於外國人來說較困難。實際上，筆者小學六年級上英語班的時候就被老師取了個英文名字，大學上俄語課時，也被取了個俄文的名字。

英語名の入った台湾人の名刺

7 台湾人の名前

　台湾人及び中国人は遥か昔は親には「名」を、学校の先生には「字」をつけてもらい、そして自分で「号」をつけるというようになっていたが、今は基本的に一人が一つの「名字」（中国語の「名字」は下の名前という意味）である。台湾では「名字」は、親や親戚につけてもらうだけでなく、家庭によっては占い師につけてもらうことが結構ある。子供の誕生日及び生まれた時刻、性別、その他の希望を占い師に言い、姓名判断で運勢のいい名前をいくつか選んでもらい、その候補から親が好きなのを選ぶ。なぜ親ではなく占い師につけてもらうのかというと、自分で考えた名前はしっくりこないとか、いい名前が浮かばないとか、理由は様々だが、名前が一生の運勢を左右すると信じている台湾人が多いというのがその理由のようだ。そして、占い師につけてもらった名前は何より画数重視だ。それで、「名前はどういう意味なの？」と聞かれても「さあ」としか答えられない人もいる。また、親がつけようが、占い師につけてもらおうが、時代によっては人気の名前も変わる。台湾の内政部が発行した『全国姓名統計分析』によると、2018 年 6 月 30 日現在の最も多かった名前は、男性は人気順に「家豪」「志明」「俊傑」「建宏」「俊宏」「志豪」「志偉」「文雄」「承翰」「冠宇」で、女性は「淑芬」「淑惠」「美玲」「雅婷」「美惠」「麗華」「淑娟」「淑貞」「怡君」「淑華」とのことである。これらの名前はあまりに人気で、ありふれているので、「菜市場名」と呼ばれている。市場に行けば、この名前の人に何人にも出会えるという意味だ。識字率が低く、男尊女卑だった頃、日本人のように希望を込めて子供に名前をつける親もいた。しかし、その名前は響きの悪いものがかなりある。女性の場合「罔市」や「罔腰」、「招弟」がよく聞かれる。前の二つは台湾語で「女性だけど一応育ててやろう」という意味で、最後の一つは「男を招

く─つまり、次こそ男」という意味だ。また、「糞尿」が名前になっている人も僅かながらいる。しかし、台湾は日本と違い、よほどの事情がなくても、自由に３回まで改名することができる。そのため、大人になってから昔の同級生に再会した時、もう違う名前になっていることもしばしばある。この頃、「黄宏成台灣阿成世界偉人財神總統」「晋瑋臺灣台東之子大麻煩要投油土伯歐薩斯」「黄大嵐是喜神財神衰神福徳正神所有神祝福的寶貝小心肝」という名前の人（いずれも本名）が現れ、ニュースにまでなっている。

　また、会社員は英語の名前がついている人がほとんどだ。その理由は定かではないが、どうやら中国語の名前の発音が外国人にとって難しいためのようだ。実際、筆者が小学六年生の時、英会話教室に通い始めた頃には先生に英語の名前をつけられたし、また、大学でロシア語を勉強し始めた頃にもロシア語の名前をつけられた。

8 ㄅㄆㄇㄈ

臺灣及中國大陸雖都使用中文，但實則存在不少差異，而標音系統的不同就是其中之一。

臺灣所使用的注音符號系統是於 1912 年由中華民國教育部制定，幾經變化，最終固定成現今的 37 個注音符號。注音符號與日文的平假名、片假名不同，主要用於教導兒童發音時使用，因此除了給兒童看的刊物之外，一般鮮少使用。而中國大陸在共產黨政權主導後，也曾有一小段時間使用注音符號，但很快地就被漢語拼音取代了。

臺灣在道路標示等需標音的情況下，有很長一段時間使用了「威妥瑪拼音」（Wade-Giles），直到 1998 年頒布「通用拼音」後才逐漸被取代，現今則以跟中國大陸一樣的「漢語拼音」為主。在此背景下，能看到在一個路標上同時出現 Freeway（高速公路，英語）、Keelung（基隆，通用拼音）、JingMei（景美，漢語拼音）3 種不同標音方式的景象。

隨著網路普及，在網路上利用注音符號作為擬聲詞，或是作為暗號，讓中國大陸的民眾沒有辦法知道臺灣人在談論什麼，這樣的情況也屢見不鮮。然而有些注音文實在太令人難以理解，因此有「火星文」之稱。

ㄅㄆㄇㄈで「アルデンテ」を表しているパスタ屋さん

ㄅㄆㄇㄈの「ㄟ」で「の」を表しているカフェ

8 ボポモフォ

　台湾では様々な言語が使われているが、標準語の中国語（現在、言語学界では「台湾華語」という名前で呼ばれている）でも中国大陸と若干の相違点が見られる。

　その一つが発音記号である。台湾では「漢語拼音」の代わりに「注音符号」が使われている。「注音符号」とは「ㄅㄆㄇㄈ」といったようなもので、西暦1912年に中華民国教育部によって制定されてから何回かの変更もあったが現在は全部で37ある。日本語のひらがな、カタカナのようなものだが、やや異なり、基本的に子供に発音を教え

店名「小朋友皮鞋」（子供の革靴）にㄅㄆㄇㄈを振った靴屋さん

る時にのみ使用されるものである。子供向けの新聞「国語日報」を除き、一般的には使用されない。一昔前まで、外国人は「台湾華語」を勉強する時に、まず「注音符号」から覚えなければならなかったため、かなり苦労したそうだ。

　中国において、「注音符号」は中国大陸が共産党政権に変わった後もしばらくの間使用されていたが、その後「漢語拼音」の推進が進み、やがて完全に消滅した。一方、台湾でも道路標識など、漢字をローマ字に表記する必要がある時に「威妥瑪拼音」（ウェード式）が使用されていたが、1998年頃に「通用拼音」が頒布され、2008年頃まで使用されていた。そして、現

様々な表記法が混在されている道路標識

在は「漢語拼音」に変わりつつある。そのため、台湾のローマ字表記にゆれが見られる。例えば、政治大学の所在地である木柵の標識は 2000 年前後から MUJA → MUCHA → MUZHA のように変わってきて、場所によっては Freeway（英語）、Keelung（通用拼音）、JingMei（漢語拼音）が混在するものも見受けられる。

　ところで、インターネットの急速な発展に伴い、2000 年頃からチャットや SNS などでは「ㄎㄎ」（クスクス）など「注音符号」が使用されるようになっている。漢字では表示できない音声や絵文字のような効果を出すとか、中国の人に知られたくない話をするために発展したものだと思われるが、あまりにもわかりづらい文章もあったりするため、「火星文」と呼ばれている。

9 臺灣的節日

　　相較於日本幾乎每一個月都有節日，臺灣一年就只有幾個節日而已。以 2020 年兩國的節日相比，日本有 16 個節日，臺灣只有 8 個節日。其實至西元 1990 年代為止，臺灣的節日比現在的還要多，例如 10 月 25 日的臺灣光復節、12 月 25 日的行憲紀念日等原本都是假日，後來因為公務人員實施週休二日，許多節日改成只紀念不放假。除此之外，臺灣還有些節日只有特定對象才能休假，例如 5 月 1 日的勞動節基本上只有勞工可以放假，與日本全國放假的「勤労感謝の日（感謝勤勞之日）」不同；9 月 3 日軍人節只有軍人放假，也是日本沒有的節日。

　　臺灣還有一點和日本節日很不一樣，由於臺灣也使用農曆，所以也有依農曆放假的日子，其中以春節最具代表性。且因為農曆的假日每年落在國曆的日期上不盡相同，所以放假日都會改變，像是春節開始放假的日子與往年相比，有時最多會差到一個月。

　　另外，日本有時連假中會夾雜一個上班日，但是臺灣為了製造連假，有時候會把上班日直接改成假期，再另外找一個週六補班補課。而日本的補假，一定是節日剛好在週末，因此週一補一天放假，也就是說，「補假」的概念在臺日不是完全一樣的。

9 祝祭日

・・・・・・・・・・・・・・・・・・・・・・・・・・・・・・・・・・・・・・・

　日本はほぼ毎月祝祭日があるのに対し、台湾は年に数回しかない。2020 年の両国の祝祭日を比べると、日本は元日、成人の日、建国記念日、天皇誕生日、春分の日、昭和の日、憲法記念日、みどりの日、こどもの日、海の日、スポーツの日、山の日、敬老の日、秋分の日、文化の日、勤労感謝の日と 16 日もあるのに対し、台湾は元日、春節、228 記念日、児童節、清明節、端午節、中秋節、教師節（孔子誕生日）、国慶日（双十節）の 8 日と日本の半分しかない。春節は日本の元日と同じように大晦日から 4、5 日は休みであるが、それでも日本よりは少ない。西暦 1990 年代まではもう少し多く、例えば 3 月 12 日の植樹節（孫文の命日）、3 月 29 日の青年節（革命の記念日）、10 月 25 日の台湾光復節（台湾返還の日）、10 月 31 日の先総統蒋公誕辰記念日（蒋介石誕生日）、11 月 12 日の国父誕辰記念日（孫文誕生日）、12 月 25 日の行憲記念日（憲法記念日）は全て休日だった。これらが休日でなくなったのは民進党が与党になった西暦 2000 年で、国民党関連のものを排除するためだと思われがちであるが、本当は週休二日制度が始まったからである。

　上で述べた祝祭日は全国民が休みの対象となるが、特定の対象のみ休みになる祝祭日もある。5 月 1 日の労働節、5 月 3 日の軍人節がそうである。不思議なことに、9 月 28 日の教師節は本来教師が休みになる日のはずであるが、ここ数年間、休みの対象は会社勤めの人がメインで、教師は休みではないのである。

　もう一つ日本と異なるのは、台湾では新暦（太陽暦）とともに陰暦（旧暦）も使われているため、旧暦に従う休みの日もある。旧暦に従う最も代表的な休日は春節である。旧暦に従う休みの日は毎年変わるため、例えば、春節が始まる日は最大 1 ヶ月ほど前後することもある。

4月4日が清明節であり児童節でもあるため4月2日と4月5日が振替休日

また、日本には飛び石連休があるが、台湾には基本的にそのような概念がない。例えば、木曜日が休みの場合は、金曜日も休みになる。連休にするためである。その代わり、その週の前かその週の後の、本来休みである土曜日は休みでなくなる。日本には振替休日があるが、台湾は振替出勤、振替授業があるのである。

9-1 元旦

日本大約在耶誕節前後，就會開始洋溢著要過新年的氣息，臺灣因為主要過年是過農曆年，所以12月31日是正常上班日。新年即將到來時，臺灣人會提前說「新年快樂」，但日本年底是說「よいお年を（祝你迎接一個好年）」，到了新年才會說「明けましておめでとう（新年恭喜）」。而日本的生肖過了新曆12月31日就會改變，跟臺灣是以農曆12月31日為界不同，所以同一年生的人生肖一定一樣。

在日本，「元日」（指一月一日）與「元旦」（指一月一日的早晨）的意思不同，在臺灣，元旦指的就是 1 月 1 日。臺灣因為有 2 次新年可以過，所以國曆跨年時有些人會跟朋友一起過，直到農曆過年時才跟家人一起團圓（不過即使是習慣在家過年的日本人，據石川縣的人說，石川縣的人也會外出跨年）。以前臺灣沒有什麼跨年活動，所以筆者也是在家看電視倒數，現在各地都會舉行跨年晚會，其中最有名的莫屬臺北 101 跨年煙火秀了。每年到了那一天，都會有大批遊客為了看僅僅數十秒的煙火而殺到 101 大樓周邊，將道路擠得水洩不通。從幾年前開始，也都有傳聞說煙火秀不再舉辦，但直到目前為止都還是如常舉行。跨年煙火過後的元旦早晨，總統府前的升旗典禮也會有很多人參加。但現在不只總統府，各地方政府也會舉辦類似的活動，有些地方還會發紀念品給參加者。在臺灣，看日出也是很受歡迎的活動之一。例如臺東的三仙台，因為是臺灣日出時刻最早的地方，特別受歡迎，而日出比較晚的阿里山，也是經常人山人海。

9-1 元日

　日本ではクリスマスあたりになると、年末、新年の雰囲気が街中に漂うが、台湾では旧正月を過ごすので、12 月 31 日には新しい年が来るという意識はあるが、通常通り仕事をしている。この日の帰りに、学校の友達、職場の同僚に「新年快楽（Happy New Year という意味）」と言う。日本では年末には「よいお年を」と、新年には「明けましておめでとう」と言ってあいさつするが、中国語には「よいお年を」に相当する言い回しがないので、前祝いのつもりでこう言うのである。

　日本では年が変わると干支も変わるが、台湾では、干支が変わるのは旧正月なので、同じ年に生まれた人同士でも干支が変わる。

　また、元日と元旦を厳密に区別する日本人もいるが、台湾では 1 月 1 日元

日のことを元旦と呼ばれている。この日は休みである。旧正月は一家団欒の時間であるのに対し、元日は友達と過ごしたりする人もかなりいる。筆者が小さい頃、年越しのイベントが今ほどなかったので、家で特別番組を見てカウントダウンをして過ごしたものであるが、いつの間にか各地で年越しのイベントが開催されるようになっている。台北 101 ビルができてからは、ビルから打ち上げる年越し花火が名物になっている。毎年、その僅か数十秒の花火ショーのために人が殺到するが、あまりにも人がいすぎるので、帰宅困難にさえなっている。理由は不明だが、数年前から毎年「花火ショーは今年で最後だ」とささやかれている。しかし、開催を取り止める気配はない。

　元日の早朝 6 時には、総統府の広場で国旗掲揚式が行われる。筆者の友人の中に、101 の花火ショーを見た後に、帰宅せずにそのまま総統府に向かい、式に参加する人もいる。総統府の他に各地の市庁、県庁でも国旗掲揚式が行

三仙台の初日の出

台北 101 の花火

われ、参加者に記念品が配布されたりする。国旗掲揚の他に、初日の出を見るのも人気のイベントである。台湾で日の出時刻が最も早い台東県の離島 - 三仙台が人気スポットで、海岸より日の出が遅い山も阿里山などが人気である。

　元旦の翌日が休日ではないので、徹夜した人や早起きした人は、翌日の仕事のために午後は自宅でゆっくり休んで一日を終える。

9-2 春節

　　春節是臺灣一年中最重要的節日，傳統上從除夕到元宵節都可說是過年期間，但是現在春節連假基本上不會超過 10 天。現在的臺灣，在春節前仍保有一些傳統活動，像是兩個星期前一些地方會舉辦年貨大街、春節前家中也會大掃除等等。臺灣的「年菜」也跟日本的不太一樣，常見的食材有象徵

「年年有餘」的魚以及象徵「發財」、「發達」的發糕等。也有些家庭習慣吃餃子，象徵金元寶。

　　過年期間，許多家庭會打打麻將或是小賭怡情一下。在以前，小朋友們會放鞭炮玩，但是因為噪音擾人，且有引發火災的顧慮，近年來已經不太常見了。俗話說：「初一早初二早初三睏到飽……」也象徵著新年的活動。農曆大年初一通常會早起去拜拜（日本人會在新曆 12 月 31 日就到廟宇排隊，跟臺灣不同），見到人就說「恭喜發財（紅包拿來）」；初二回娘家，因為這段期間人們會到處移動，高速公路總是大塞車；初三因為沒有特別的活動了，總算可以睡到飽。公司行號基本上是初五開工，接著初九要「拜天公」，元宵節則是舉辦燈會、吃元宵等。

9-2 春節

台湾の年中行事の中で最も重要なのは春節（旧正月）である。日本や世界の多くの国々では新暦の 1 月 1 日がお正月であるが、台湾の新年は春節で、1 月 1 日以上に重視されている。春節は旧暦の 1 月 1 日で、早い年は 1 月中旬ぐらい、遅い年は 2 月の上旬ぐらいである。日本の場合、クリスマスが過ぎるとお正月といったところだが、台湾は春節の 2 週間ぐらい前から新年の雰囲気が味わえる。近代社会の今、春節の連休は長くても 10 日間を

「紅包」；お年玉だけではなく、結婚などのご祝儀袋としても使われる

春節前の臨時青空市「年貨大街」

超えない。一般的には除夕（大晦日）から正月初四、正月初五（旧暦の1月4日または5日）までが休日の場合が多い。しかし、伝統的には元宵節（旧暦の1月15日）までが新年とされている。

　日本のお正月には様々な行事、習慣があるように、台湾の春節にもいろいろな伝統行事がある。春節の二週間ぐらい前から、春節を過ごすための食材などを売る期間限定の市場ができたり、家の大掃除をしたりする。春節の料理「年菜」は日本のおせち料理に相当するが、大抵の家では魚が準備される。これは、中国語の「魚」の発音が「餘」（余り）と同じで、「毎年財産などが余る（残る）」となり、縁起がよいとされているからである。中国の東北地方から来た家庭では餃子を作る習慣があるようである。餃子は中国の昔の通貨「金元宝」に形が似ているので、新年にそれを食べ、たくさんの財宝が得られるようにと験を担ぐものである。

　春節の連休中にみんな麻雀にトランプ、サイコロなど様々なゲームをして博打をする。子供は昔爆竹を鳴らして遊んだものである。中国神話によれば、「年」は人間を食う怪獣で、人々は爆竹の音で「年」を驚かして追い払っていたという。しかし、爆竹で火事になったり、騒音で人が眠れなかったりす

春節飾り

使い終わった爆竹

元宵節に食べる「元宵」（餡入りの白玉）

ることが問題となってきたことから、線香花火のような音が出ないものはいいが、音が出る爆竹ではあまり遊べなくなった。

　ことわざ「初一早初二早初三睏到飽……（1日は早く、2日も早く、3日は思う存分寝る）」があるように、春節当日は早起きし「拜拜」、つまり先祖たちを祭ったりお寺に行ったりする。外で人に会ったら「恭喜發財（紅包拿來）」（大儲けしておめでとう；お年玉を頂戴）と言ってあいさつする。「おめでとう」は本来上で述べた「年」という怪獣と関係があり、つまり「年に食われずおめでとう」という意味だったそうだが、今は大儲けできるようにと祝福をするのが一般的である。

　2日には嫁に行った娘が実家に帰る「回娘家（里帰り）」という習慣があるので、除夕から人の移動が激しく、高速道路も常に渋滞気味である。3日にはやっとこれといってしなければならない用事がなくなるので、一休みできる。そして5日は仕事始めの会社が多く、9日には「天公（天神様）」を祀る習慣があり、15日の元宵節まで様々な行事が続く。

9-3 清明節

　日本人一年之中會在「春彼岸」、「秋彼岸」（以春分及秋分為中心的前後三天）兩個時期去掃墓，臺灣人則是只在清明節（前）去。臺灣的墳墓或骨灰罈不像日本一樣在佛寺裡面，而是在公墓或是靈骨塔。墓地大小跟日本也不同，有些大到可以容納十幾個大人在墓前活動。有些墳墓還有外郭，上面會有個寫「后土」的石碑，表示這區墓地的土地公。這樣的墳墓其實在日本沖繩也看得到，只是顏色沒臺灣那麼五彩繽紛。也因此，有些外國人來臺灣，遠看墳墓，還會以為那是別墅什麼的。舊一點的墓園因為墳墓密集，且沒有規劃道路，為了到自己的祖墳，常常需要借路別人家的墳墓。此外，也因為沒有停車場，掃墓時容易塞車。目前，政府為了方便民眾掃墓，在清明節期間都會準備掃墓專車供民眾使用。

台湾の墓地

地主神「后土」

　　掃墓的方式，可能家家戶戶也不盡相同。筆者家是會在清明節的一個月前就詢問親戚方便掃墓的時間，並於當天清晨在墓園集合。抵達以後，首先在墓前跟土地公前放置供品，接著燒香。一些沒有特別請人照顧的墳墓，通常雜草叢生，此時親戚們就會同心協力拔草、整理環境。而有請人照顧的墳墓，可做的事少，此時親戚們就會開始閒話家常，直到線香燒盡，接著爬到墓上放「五色紙」、燒金，最後念佛，即完成儀式。筆者家因為祖墳有2處，通常要從早上7點一直掃到中午，但是筆者太太的日本娘家掃墓，1次只要花費5分鐘左右。

9-3 清明節

　　4月5日は清明節で、日本人が春彼岸、秋彼岸に墓参りに行くのに対し、台湾人は清明節かその前後の二週間に墓参りに行くことが多い。お墓は日本のように寺院の中ではなく、政府が指定した「公墓」と呼ばれる墓園や納骨塔にある。お墓の大きさは日本とは違い、大人が十数人活動できるほど広い。正面に墓石があり、土葬の場合、墓石の後ろに小高い丘のように盛り上がっており、その中に棺桶が埋められている。火葬の場合、墓石の後ろが鉄筋コンクリート造の小さな建物になっており、その中に骨壺が納められている。お墓には外郭があり、全体を囲んでいる形になっており、墓参りに行った時は、基本的に墓石の前の小さなスペースで線香をあげたりする。台湾のお墓

は沖縄のお墓と形は非常に似ているが、カラフルなので、遠くから見ると、お墓が密集している墓園は普通の民家の集落にも見える。実際、筆者が大学生の時に教わったロシア人の先生は大学の近くにあるお墓を別荘と勘違いしたことがある。

　古い墓園だと、お墓が密集しており、ほとんど通路がないので、自分の先祖のお墓に辿り着くためによそ様のお墓の外郭を登っていくこともある。また、駐車スペースがほとんどなく、マイカー規制もないので、清明節の時期の週末には墓参りに行く車で渋滞が発生する。近年、政府がこのような渋滞を解消するために、一部の墓園の山の麓にシャトルバスを用意するようになっている。

　中華圏の墓参りの歴史は古く、儒教の影響もあり、古くから墓参りに行って、先祖様を偲ぶのが親孝行の一つと考えられてきた。しかし、その作法は地域差がある。筆者のうちのやり方は下記の通りである。

　清明節のおよそ2週間前に、あらかじめ親戚と墓参りの日にち、時間を決めておき、当日現地に集合する。親戚が集まったら、墓石の前と「后土」（墓石の斜め向こうの外郭にある地主神を意味する石碑）の前にお供え物を置く。次に、線香をあげる。墓守りに除草を頼んでいない場合、1年間放置したお墓

お墓とお墓の隙間を通って降りる人々

五色紙

に大体雑草が生い茂っているので、家族、親戚総動員で草取りをする。墓守りに頼んである場合、あまりやることがないので、一年ぶりに集まった親戚同士でいろいろな話をしながら、線香が燃え尽きるのをひたすら待つ。その間、体力のある若年者は墓

お墓に置いた五色紙

の盛り上がったところに登り、「五色紙」を置く。『臺灣大百科全書』によれば、これは先祖様の家（瓦）を修繕する意味があるという。線香が燃え尽きそうになったら、あの世で流通するお金「紙銭」（または「金紙」）を燃やす。最後にみんな墓石の前に集合し、手と手を合わせて念仏を唱え、解散する。大まかな流れとしてはこんな感じであるが、筆者のうちではお墓が２ヶ所あり、また、線香が燃え尽きるまで時間がかかるため、大体朝７時からお昼頃まで続く。日本の墓参りと比べるとかなり時間がかかる。

9-4 端午節

　　端午節是臺灣的「三節」之一，因為端午節的日期是農曆５月５日，也因此，實際國曆的放假日期每年會有所不同。

　　臺灣與日本的端午節慶活動有許多不同。在臺灣，除大型龍舟競賽之外，還有吃粽子、插艾草、立蛋等習俗，更早之前還有塗雄黃酒、掛香包等習慣，然而近年來越來越少見。在日本基本上沒有這些活動，以掛鯉魚旗、擺設武士頭盔等慶祝兒童節的活動為主。

　　端午節就像日本的「出梅」（指梅雨季結束，也叫「梅雨明け」）一般，過了端午就意味著夏天來臨。古代醫療尚不發達，端午前後季節交替之際易罹病，而面對這些種種原因不明的疾病，中國中原地方的人民們將端午視為「惡月」中的「惡日」，因此有插艾草驅邪等習俗。

　　端午節吃粽子的習慣，有一說是源於屈原投江自殺。愛國者屈原數度勸諫楚王連齊抗秦，然而楚王不聽其諫，反而將其流放。最後，楚遭秦攻破，無法忍受喪國之痛的屈原，最後投汨羅江自殺。百姓們為了不讓屈原的遺體被江裡的魚群吃掉，投入用竹葉包的米飯，這就是粽子的由來。

　　在臺灣，每到端午必會引起熱烈討論的「北部粽」和「南部粽」，其最大的差異在於烹調方式的不同。筆者家中北部粽的做法是先將糯米做成油飯那樣之後，再包入配料一起蒸，糯米的口感粒粒分明；而南部粽的做法則是將生糯米和配料包好一起煮熟，糯米的口感綿密軟嫩。另外，包粽子的「包粽」和金榜題名的「包中」發音相似，因此考生在大考前會吃個粽子或包個粽子求吉利。

9-4 端午節

　端午節は「三節」の一つで、旧暦の５月５日であるため、年によって日が変わる。日本にも端午の節句という祝日があるが、意味も内容もだいぶ違う。台湾では、大きいイベントとしては各自治体が主催するドラゴンボートの競技である。また、自宅ではみんなちまきを食べたり、家の前によもぎを飾ったり、正午に卵を立てたりする。昔は、子供の顔に「雄黄酒」を塗ったり、「香包」を首にかけたりする習慣もあったが、近年それをやる家庭はあまり見か

鹼粽

南部粽

けなくなっている。よもぎを飾るのも、雄黄酒を塗るのも、香包を首にかけるのも魔除けのためで、端午節の由来に関わっていると言われている。

　端午節は日本の梅雨明けのように、その日を過ぎると夏の到来を意味する。医療が発達していなかった古代では、病気になりやすい季節であった。昔の人は病気の原因がよくわからなかったため、5月5日は中国の中原地方では「悪月」の「悪日」とされており、魔除け効果のあるよもぎを飾ったりすることによって、よくないものから身を守ろうとしたのである。

　また、ちまきを食べる習慣は、一説によると、中国の春秋時代に楚国にいたとされる屈原という愛国者と関係があると言われている。屈原は、楚国の国王に秦国に対抗するようにと何度も諌めたが、聞き入れてもらえず、やがて国から追放された。その後、楚国は秦国に破れ、屈原は悲しみのあまり、とうとう汨羅江という川に身を投げた。屈原を慕っていた百姓たちは、屈原の遺体が魚に食べられないよう、笹の葉で包んだもち米ご飯を川に入れたというのがちまきの由来とのことである。

ドラゴンボートのレース

　ちまきは地方によって、形も中身も調理方法も様々である。新潟の笹団子に似た「鹹粽」はかん水が入っているため、よもぎが入った笹団子のような緑色ではなく、ラーメンに似た黄色である。あんこが入ったものもあるが、筆者が小さい頃によく食べたのは何も入っていないもので、砂糖をつけて食べていた。

　近年、台湾の「北部粽」と「南部粽」の支持者はインターネットでどちらがおいしいか論戦を繰り広げている。北部粽と南部粽の一番の違いは調理方法である。北部粽は一度おこわのようなご飯を炊いてから具を包んでまた蒸すのであるが、南部粽は生米の状態で具を入れて茹でる。筆者は台北生まれ台北育ちなので、ぐにゃぐにゃとした食感の南部粽よりお米がパラパラの北部粽の方が好きである。ところで、いつからか不明であるが、受験生はその日にちまきを食べたり作ったりするのが習慣となっている。ちまきを作るという「包粽」の発音が必ず受かるという意味の「包中」の発音に似ていることからの験担ぎである。

9-5 中元節

　農曆 7 月是臺灣的鬼月。日文裡，「鬼」是頭上長角的怪物，與臺灣不同。臺灣鬼月所指的「鬼」，比較接近日文「幽霊」的概念。7月1日鬼門開，好兄弟（鬼魂）就能來到這個世界。而臺灣

街中に見かける「中元普渡」

人說的「敬鬼神而遠之」，其實來自論語，日文裡也有「鬼神を敬してこれを遠ざく」以及「敬して遠ざける」、「触らぬ神に祟りなし」的說法。臺灣人在鬼月會有一些避諱，例如盡可能不在這個月搬家或買新車等，直到鬼門關。因此不動產業與汽車業者會在鬼月推出一些優惠以刺激買氣。而農曆

あの世で使われる「金紙」を燃やしている

7月15日是中元節，其實就等於日本的盂蘭盆節（一般是新曆的8月13日～8月16日），但臺灣沒有放假，也不像日本人會全家聚集在一起。日本的這個時期重要度不亞於華人世界的春節，各地都會出現返鄉人潮，也會祭祖，但沒有中元普渡，因此超市也不會像臺灣一樣出現各種整箱販售的飲料及食品。在供品上插香也是臺灣的習慣，臺灣有些地方的中元普渡會整個社區一起舉辦，日本則是在這個時節的夜間到外面跳盂蘭盆舞。此外，臺灣有放水燈、搶孤、燒王船等祭典，日本則是舉行類似放水燈的「眠り流し」等活動。

9-5 中元節

　　台湾では旧暦の7月は「鬼月」と呼ばれている。中国語の「鬼」は日本のような頭にツノが生えたものではなく、幽霊やオバケ、妖怪などの総称である。鬼月の初日である旧暦の7月1日が「鬼門開」である。「鬼門開」とは、この世とあの世が繋がっている扉（鬼門）が開くことである。それによって、あの世にいる霊やオバケがこの世に自由に行き来できるようになる。日本語に「鬼神を敬してこれを遠ざく」「触らぬ神に祟りなし」ということわざがあるのと同様に、中国語でも「敬鬼神而遠之」と言われている。それで、7月31日の「鬼門関」（鬼門が閉まる日）まで、祟りを避けるためにいろいろなタブーがある。例えば、慶事や弔事をこの月にやらないとか、引っ越しや新車の購入を控えるとか、夜遅くに帰ったり、川で水遊びしたり、夜に洗濯物を干したりすることなどすべてタブーとされている。そのため、不動産業者、自動車販売業者にとって、旧暦の7月はまさに鬼門である。近年、この期間

「焼王船」祭り

パンで作った「素三牲」

の売り上げを上げるために、鬼月に特売セールを行うところもあり、また、目に見えないもの（つまり、オバケ）の恐ろしさよりも、目に見える現金のありがたみの方が勝るというお客さんもいるため、かえって購入のいい時期になっている。

　7月15日は中元節で、日本のお盆（盂蘭盆会）に相当するが、この日は休日ではなく、家族が集まる習慣も特にないので、日本のように各地で道路が混雑することはない。また、日本ではこの日に先祖を偲ぶが、台湾では先祖ではなく、「好兄弟」こと無縁仏を祀る「中元普渡」という習慣がある。供

え物に「三牲」（鶏肉と豚肉と魚）および調理済みのおかずを用意するのが決まりである。ベジタリアンのために、パンや大豆で作った魚、鶏、豚の「素三牲」もある。これさえあれば、後は何でもいいので、この時期にスーパーに行くと箱売りのお菓子や飲み物類が必ず置いてある。不動産業者とは違い、食品業者にとっては書き入れ時となっている。全ての供え物には必ず線香を立てなければならず、また、お湯の入った桶やタオル、歯磨き粉、石けん、鏡も用意する。無縁仏に体を洗ってもらうためである。このような中元普渡は地域によっては集団でやるところがあり、夜にも日本の「眠り流し」のような様々な行事があるので、いつも大賑わいである。有名な所は例えば、基隆の「放水燈」、宜蘭の「搶孤」、屏東東港の「焼王船」などである。

9-6 中秋節

　　中秋節在日本稱為「十五夜」，是臺灣農曆的 8 月 15 日，因此這一天國曆實際放假日期也會年年不同。中秋節與春節、端午節合稱三節，是相當重要的節日之一。很多人會像春節、清明節、端午節一樣，在這天回故鄉。

　　在華人社會中，一說到中秋節就會想起吃月餅、賞月等等的傳統習俗，在臺灣，這個時期還有吃當季文旦、柚子的習慣。最近，因為健康意識，吃高熱量月餅的人減少，所以餅店業者為了提升營業額，也推出與蒸糕相似的「蒸的月餅」，還有減糖減脂的健康月餅。而「元祖」這間餅店業者會推出冰淇淋夾心的「雪餅」，這是筆者小時候的夢幻珍品。另一方面，在臺灣還有著在自家屋頂或路上烤肉的習慣，甚至變成了「比起賞月，烤肉更重要」的地步。為什麼在這天要烤肉沒有一個確切的原因，但聽說是因為 1980 年代的調味料製造商，在中秋節前後的期間總是播出烤肉醬的廣告，所以人們受其影響，變成了在中秋節這天有烤肉的習慣。

9-6 中秋節

中秋節は十五夜で、日本と同じく旧暦の8月15日である。中秋節は春節、端午節とともに「三節」の一つにカウントされ、重要な祝日の一つである。多くの人は春節、清明節、端午節と同じように、この日に故郷に帰省する。

日本人は十五夜にすすきを飾ったり、団子を食べたりする習慣があるが、中華圏では、中秋節と言えば、月餅を食べたり、月見をしたりするといった伝統行事が思い浮かぶ。台湾ではこの時期に旬を迎える文旦柚を食べる習慣もある。近年、健康志向で高カロリーの月餅を食べる人が減っているので、メーカーも蒸しパンのような「蒸的

道路沿いでバーベキューをしている台湾人
（写真提供：郭秋雯）

月餅」を出したり、糖分や脂分を減らしたヘルシーな月餅を出したりして売り上げの向上を図っている。「元祖」というメーカーが出した季節限定の「雪餅」というアイスサンドは筆者の小さい頃の幻の逸品だった。一方、自宅の屋上や路上でバーベキューをするのも定着してきて、「花より団子」ならぬ「月見よりバーベキュー」となっている。なぜこの日にバーベキューをするのか理由は定かではないが、一説によると、1980年代に、ある調味料のメーカーが中秋節の前後にいつもバーベキューソースのCMを流していたので、人々がその影響を受け、バーベキューをするようになったとのことである。

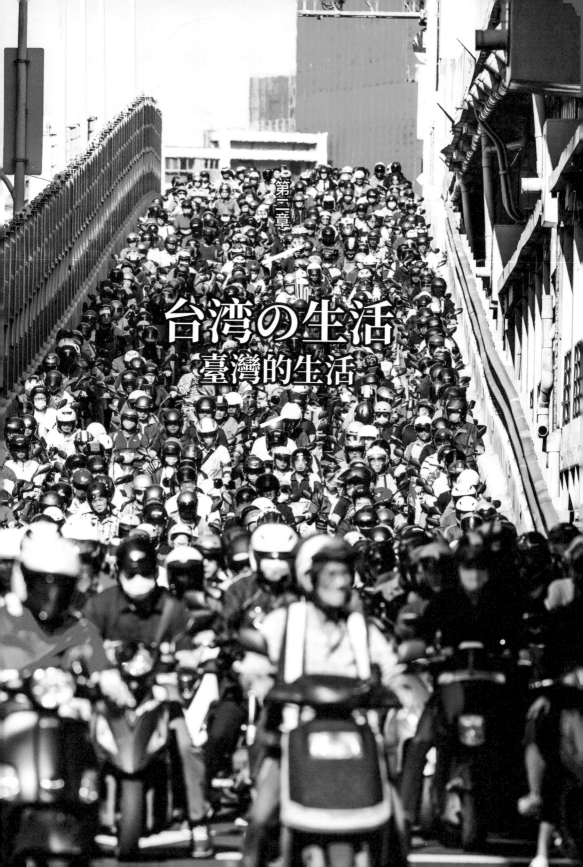

第二章

台湾の生活
臺灣的生活

1 食

1-1 小吃

　　臺灣美食聞名全球，尤其小吃更是出名。臺灣的小吃與日本的「輕食」不一樣，不一定是在咖啡廳才吃得到，而且小吃店提供的餐飲也不一定就是小吃。雖然有些

台湾人のソウルフードの滷肉飯

小吃確實源自臺灣，但也有很多來自國外。常見的小吃有刈包、蚵仔煎、擔仔麵、滷肉飯、鹹酥雞、葱油餅、臭豆腐、肉圓、蚵仔麵線、豬血糕、滷味等。其他還有珍珠奶茶、愛玉冰、木瓜牛奶、芒果冰等這些甜點也屬於小吃。

　　刈包其實在日本的長崎也吃得到，當地稱之為「豚の角煮饅頭（東坡肉包子）」；蚵仔煎在日本常被翻成「牡蠣のオムレツ（牡蠣蛋捲）」，但其實更接近日本的「もんじゃ焼き（文字燒）」；滷肉飯近年在日本也有，但其實他們的外觀比較像臺灣北部人說的控肉飯；鹹酥雞像日本的「唐揚げ（炸雞塊）」，但臺灣鹽酥雞表面的裹粉用的是地瓜粉，有時還會吃到一點雞骨頭；葱油餅跟蛋餅在日本沒有類似的食物，非常受到來臺的日本人的喜愛；蚵仔麵線是日本沒有的茶色麵線，有點像日本的素麵，但素麵日本人基本上只在夏天吃；豬血糕其實很像日本的年糕，只是我們加了他們不吃的豬血；以家禽內臟煮成的下水湯，用日文看起來是「下水道的熱水」，因此日本人覺得驚悚；沙威瑪在日本也有，稱之為「ケバブ」，但他們的比較道地，是用薄餅捲肉而非麵包。此外，臺灣有些小吃的名稱前面還會冠上地名，例如溫州大餛飩、迪化街紅麵線、九份芋圓、彰化肉圓，但有的不見得就是那邊誕生的小吃，有些小吃則是名字相同，但製法因地而異，例如肉圓光是彰化縣內，彰化市跟員林市的烹調方式就不同。

1 食生活

1-1 B級グルメ・屋台料理

台湾はグルメで世界に名を馳せているが、特に有名なのは「小吃」である。小吃とは小腹を満たす食事のことで「軽食」に似ているが、カフェではなく、屋台や食堂でしか食べられない。「小吃店」は「小吃」がついているが、提供している食事は小吃とは限らない。台湾発祥の料理もあるが、中国や世界各地のものをアレンジした料理もある。よく見かける小吃は「刈包」「蚵仔煎」「擔仔麺」「滷肉飯」「鹹酥鶏」「葱油餅」「臭豆腐」「肉圓（円）」「蚵仔麺線」「猪血糕」「滷味」等。「珍珠奶茶」「愛玉冰」「木瓜牛奶」「芒果冰」などの台湾スイーツも小吃である。

「刈包」（店によっては「割包」と表記することもある）は平べったい蒸しパンで豚の角煮を挟んだもので、日本の長崎でも角煮まんじゅうという名前で販売されている。「蚵

肉圓

牡蠣のオムレツ

新港鴨肉羹（嘉義県新港のアヒルのあんかけスープ）

仔煎」は水に溶いたさつまいものでん粉と片栗粉を鉄板の上で焼き、その上に牡蠣、野菜（山東菜と春菊が多い）、たまごを乗せた料理で、食感がやや固めのもんじゃ焼きに近く、観光雑誌では牡蠣のオムレツと紹介されることが多い。「滷肉飯」は八角（スターアニス）と氷砂糖、醤油、油葱酥（ラードで揚げたエシャロット）で煮込んだ豚肉のそぼろをご飯に乗せた料理である。日本でも近年見かけることが多くなったが、日本のは豚の角煮を乗せたものが多く、それはどちらかと言えば、台湾の「控肉飯」に近い。

　「鹹酥鶏」はとりの唐揚げに似ているが、表面にさつまいもの粉をまぶしただけでカリッとした衣がない。たまに小骨が入っていることもある。「鹹酥鶏」を売っている屋台はだいたいさつまいもやかまぼこ、さつま揚げ、インゲンなど、様々な食材を揚げた物も一緒に売っている。「葱油餅」は小麦粉に刻んだネギとラードを混ぜた生地を揚げたり、鉄板で焼いたりして作るものである。「餅」という字が使われているが、台湾の朝食屋で見かける「蛋餅」と同じように小麦粉の生地でできたものを指す。「肉圓」はさつまいものでん粉で作った生地でお肉やたけのこを包んで揚げたり茹でたりした料理で、生地がタピオカのようにもちもちしている。「蚵仔麺線」は牡蠣そうめんと訳されることが多いが、日本のそうめんとは違い、麺が蒸してあるので、茶色くなっている。牡蠣や豚のホルモンと一緒にかつお節でとったダシで煮込み、水溶き片栗粉でとろみをつけた料理である。香菜（パクチー）をトッピングすることが多いので、パクチーが苦手な人は注文する時に言っておくと無難だろう。「猪血糕」は食感も味もお餅のような食べ物であるが、豚の血が入っているので、黒い。砂糖入りのピーナッツの粉と香菜をつけて食べる。「下水湯」は日本語で考えると衝撃的な名前であるが、下水の湯ではなく、ホルモンスープである。「沙威瑪」（シャワルマ）は日本で見かけるケバブのようなものであるが、ピタパンではなくコッペパンが使われている。近年台北ではあまり見かけなくなった。

地名がついた小吃は例えば「彰化肉圓」や「萬巒猪脚」のように発祥地あるいはご当地グルメとして有名なところもあるが、「温州大餛飩」は中国の温州発祥のワンタンではない。「迪化街紅麵線」「九份芋圓」もそこだけのものではない。

同じ小吃でも地域ごとに中身が違うことがある。例えば、肉圓は台北では油で揚げることが多いが、中部の台中、彰化では茹でたり蒸したりする。

1-2 小吃店

臺灣的外食產業相當發達，其中的平民美食的代表餐廳為「小吃店」和「自助餐」。

小吃店和日本的食堂看似類似，實際上相差甚遠，例如臺灣小吃店的店員不見得會一一招呼客人，通常由客人自己填單點菜再交給店員，也需要自取餐具和茶水；而日本的食堂不論是點餐還是茶水，都是由店員處理。此外，臺灣小吃店的裝潢及餐具、桌椅等以堅固耐用為主要考量，有些店家甚至會直接拿辦公桌當餐桌，餐具也以不容易損壞為原則，所以以不鏽鋼及美耐皿為大宗，沒有考慮到不鏽鋼製的筷子或湯匙吃麵可能會燙到無法入口。臺灣

台北地下街にある小吃店

小吃店の店内の様子

小吃店のメニューシート

的小吃店一般會擺一兩台電視供用餐的民眾收看，而日本的食堂則通常會放一些報紙跟漫畫給客人看。此外，有些臺灣小吃店的店家提供餐巾紙不太大方，客人需要自備面紙，不過供應免費的湯品及飲料這點就是日本沒有的服務了。臺灣的小吃店常常需要跟別人併桌，這點也跟日本不同。至於結帳方式，有些臺灣小吃店是點餐時付錢，有些是送餐時付錢，還有些是飯後才結帳，真的是各式各樣；日本的話基本上以先在機器上買餐券的機率較多。此外，日本人吃完飯要離開時，除了店員會道謝示意之外，客人也會對店家說「ご馳走様（感謝招待）」，但臺灣基本上沒有這樣的文化。

1-2 食堂

　台湾の外食産業は発達しており、高級レストランからファミリーレストラン、食堂、屋台までいろいろある。この中で庶民にとって一番親しい存在は「小吃店」と「自助餐」だろう。「小吃店」は日本の食堂のような存在で、店舗の規模が小さく、家族経営のところもあるが、メニューや店の雰囲気はだいぶ違う。売っている料理によって、大きくご飯もの屋さん、麺屋に分けることができる。中国の地方料理（燒臘店（広東風のチャーシュー料理））やベトナム料理を売っている店もある。

　店の入り口に近づくと、店主や店員に「坐喔（どうぞおかけになってください）」「歡迎光臨（いらっしゃいませ）」「要什麼（何になさいますか）」などと言ってあいさつされる。混雑時でなければ、人数を確認しないこともしばしばある。席に着いてもメニューや水を持ってこない。食券を買って店員に渡して注文するスタイルのところもほとんどない。だいたい壁に貼ってある手書きのメニューを見て直接店員に言って注文するか、メニューが書いてあるシートの食べたい料理の横の枠に数量を記入して店員に渡して注文する。店の内装はあまりこだわらず、例えば、筆者が勤務している大学の近くの麺屋ではなんと事務用のテーブルを使っているのだ。日本のように漫画や

謎の赤色のナプキン

ステンレスの食器を使っている店

雑誌を置くところも殆どない。料理が運ばれてくる間に食器やナプキン、飲み物もセルフサービスで、それらを取りに行く。食器は割り箸など使い捨てのものもあるが、近年環境保全の意識の高まりに伴い、普通の食器を置いている店も増えてきた。耐用性を追求しているからか、ステンレス製のものが多いが、麺を食べる時、挟みにくかったり、お箸が熱すぎて口にすることができなかったりすることもある。ナプキンをケチる店があるので、テーブルに必ずしも置いてあるとは限らない。また、謎の赤色のナプキンを使う店もある。ただでスープと飲み物を提供する店もかなりあり、飲み物でよく見るのは砂糖入りの紅茶と冬瓜茶（とうがんが入った茶色の砂糖水）である。アルコール類など有料のドリンクは自分から冷蔵庫から取って、会計する時に払う。

　席はカウンター席はあまりなく、円卓を使っているところも多い。テーブルの大きい店では、混雑時2組以上の客が相席することもある。

　食事代は注文する時に払う店、料理が運ばれてきた時に払う店、店を出る時に払う店があるので、いつ払うかわからない時は店員さんに聞くといいだろう。

食事が終わり、店を出る時に店員さんは「謝謝（シェシェ；ありがとうという意味）」とあいさつしてくれたりするが、「ご馳走様」に当たる中国語表現がないので、お客さんはだいたい黙って帰る。

1-3 自助餐

臺灣人除了小吃店以外，也很常依靠自助餐解決三餐。自助餐常常被翻譯成「台湾ビュッフェ（臺灣 Buffet）」，但其實並不是定額吃到飽。在日本雖然有類似自助餐的便當店，但是不能在店裡吃，而且便當的菜色是固定的，不像臺灣的自助餐可以自己挑菜色。

一進到臺灣的自助餐店裡，就會看到不鏽鋼製的餐盤在眼前展開，上面是熱騰騰的菜餚，下面有熱水加熱避免菜涼掉。通常外帶的人拿飯盒，內用的客人拿餐盤，一邊選菜一邊往裡頭走，然後結帳。有些自助餐店可以自己夾菜，有些則是需要告知店員，由店員為顧客夾菜。另外，付錢時，每家店的算法也不盡相同，例如有些店會寫明「主菜（魚或肉）+3 樣配菜是 70 元」，有一些則是秤重計算，主菜通常要再加價 5 到 20 元不等。但因為計價方式不一，也沒有明確標示價格，常常會發生不小心多拿而超出自己預算的情況，建議在拿取前先詢問店家。即便有這樣的問題存在，自助餐還是很多人利用，主因應該在於可以自己搭配菜色，不至於每天吃一樣的便當內容而感到膩。此外，大部分店家都會提供免費的湯或冬瓜茶、乳酸菌飲料等，這也是日本便當店沒有的服務。對於即使天天外食還是想吃大量青菜的臺灣人來說，自助餐應該是最好的選擇了。

1-3 台湾ビュッフェ

小吃店とともに台湾人に重宝されているのは「自助餐」（台湾ビュッフェ）である。自助餐は日本のお弁当屋さんに似ているが、店内で食べることも可

能である。「自助」とはセルフサービスのことなので、台湾ビュッフェと訳されることが多いが、一定料金で食べ放題のバイキングではない。日本の大学の食堂のように、欲しいおかずを店員さんに伝え、取ってもらう店もあるが、ほとんどの店はお客さんが自分で取るようになっている。

　チェーン店の場合、店に入ると、すぐ目の前にステンレス製のトレーに盛ってある色とりどりのおかずが目の前に並んでいる。おかずが冷めないようにトレーの下にはお湯が通っている。持ち帰りなら紙製の弁当箱、店内で食べるならトレーを手に取り、おかずを取りながら奥に進む。レジの手前に量の違うご飯が置いてある。お会計は店独自の計算法の店もあれば、量り売りの店もある。前者は例えば「三菜一肉 70 元」（野菜料理 3 種類と肉料理 1 種類で 70 元）と書かれていたりする。しかし、お肉は重さを測った後にさらに 5 元〜20 元上乗せされる。一部の店ではどのように料金を計算しているか全く提示されず、店員さんの「目分量」で測っているので、同じ料理を取ったお客さんでも料金が異なることがある。そのため、よく自助餐を利用する人は独自

台湾ビュッフェ

の知恵を働かせる人もいる。例えば、野菜を取る時に、おたまを重ねて野菜から出る水分を絞り、なるべく重さを軽減する。あるいは、おかずをなるべく一箇所に集中させ、量が少なく見えるようにするなどの工夫をする人もいる。

　自助餐はこのように料金の計算があいまいな問題点があるにもかかわらず、なぜ多くの利用客を確保できるのだろうか。台湾のお弁当は日本ののり弁のようにおかずが全て決まっているものがほとんどなく、買っても嫌いなおかずが入っていたりするが、自助餐は数多くのおかずから自分の好きな料理を好きなだけ取れる。また、毎日食べてもいろいろなおかずの組み合わせを楽しめるので、人気なのである。店によっては小吃店と同様に、スープや冬瓜茶、ヤクルトもどき（模倣商品）をただでもらえる。外食しても野菜を摂りたい健康志向の高い台湾人にとってもってこいの存在である。

1-4 臺灣當地的日本料理

　近年來，越來越多的日本餐飲業者進入臺灣，讓臺灣人不出國也能吃到道地的日本美食，不過臺灣人經營的日本料理店也還是很受歡迎。即使不是日本料理店，很多日本菜早已深植臺灣，成為我們日常飲食的一部分，例如壽司卷、烏龍麵等。早期在臺灣，握壽司沒那麼常見，因此筆者第一次看到時還嚇了一跳。而且臺灣的壽司卷跟日本所使用的材料不盡相同，日本基本上常見的有納豆卷、「鉄火巻（生鮪魚）」、「干瓢巻（葫蘆乾）」、「河童巻（小黃瓜）」，而臺灣獨有的有「肉鬆卷」、「起司卷」等等。

　日本的「田楽」（日語發音為「でんがく」→「おでん」）來到了臺灣以後，因為發音不標準，而成了台語發音的「黑輪」，但其實「甜不辣」、「黑輪」、「關東煮」基本上都是差不多的東西。這些本來在日本是屬於冬天的食物，在臺灣卻是經年可見，所以筆者有些日本朋友剛來到臺灣時，會感到不可思議。雖然黑輪的食材在日本其實也是因地而異，但他們沒有貢丸跟豬血糕等。而日本常見的「はんぺん」（有業者引進，稱之為「鱈宝」），在臺

灣反而沒人賣。臺灣的烏龍麵跟日本的吃法也很不一樣，以前臺灣小吃店賣的烏龍麵一定只有「鍋燒烏龍」跟「炒烏龍」兩種，且價格不便宜，但現在日本的店家來臺擴點，已越來越常見，且大部分的口味也很道地。

再說到味噌，臺灣的味噌湯喝起來特別甜，不知道是不是因為做法不同。在日本，小魚乾跟柴魚片是用來擷取高湯的，煮完即撈起丟掉，但臺灣的店家卻會把它當成湯料留著。另外，比較特別的是，不知道為什麼臺灣的涼麵攤都會兼賣味噌湯。

在日本的超市經常可以看到來自臺灣的生魚片，而臺灣東港的黑鮪魚雖然有名，但臺灣原本沒有生食的文化，因此並不是到處的超市都可以像日本一樣買到已經切好、或是需要自己切的魚塊（日文稱為「柵（さく）」）。對於喜愛生魚片的臺灣饕客而言，不能在超市買生魚片回家大啖實在是一件可惜的事。

1-4 台湾の日本料理

近年、日本の飲食関係の店が台湾に入ってきたおかげで、台湾でも本格的な日本料理が食べられるようになったが、台湾人経営者がやっている日本料理店もまだまだ繁盛している。専門店でなくても、日本の様々な料理が台湾に浸透しており、例えば、筆者が小学生の1990年前後、自宅の近所の飲食店では既にお寿司やおでん、うどんが食べられたものだ。寿司と言っても、

台湾の日本料理店

台湾の助六寿司

台湾の味噌汁（出がらしもそのまま具として残っている）

台湾のおでん：左は「黒輪」、右は「猪血糕」

握り寿司ではなく、巻き寿司といなり寿司（助六寿司）がほとんどだった。中学生になり、マンガ『将太の寿司』で初めて握り寿司を見た時、「えっ？これって寿司なの？」と思ったほど巻き寿司が寿司だというイメージが圧倒的に強かった。巻き寿司の具は日本でも定番の卵やキュウリの他に、筆者の留学先だったつくば、仙台ではほとんど見かけなかった「肉鬆」（田麩）が入っていることが多い。

　おでんは「甜不辣」（てんぷらの訛りで、さつまあげのようなもの）または「黒輪」（おでんの訛り）という名前で売っており、セブンイレブンは「関東煮」という名前で売っている。一年中食べられるので、筆者の日本人の友人は何人か初めて台湾に来た時、かなり不思議がっていた。おでんの具は日本でも一般的な煮卵、ダイコンの他に、日本にない「貢丸」（非常に弾力のある豚団子）や魚の練り物も入っている。「甜不辣」「黒輪」自体も魚の練り物の名前であるが、「黒輪」の方が魚肉の割合が高く、値段も「甜不辣」より高めである。はんぺんは昔なかったため、台湾人に日本のおでんを説明する時にどう言えばいいか困る（今、台湾の紀文は「鱈宝」という名前で売っているが、一般的な食べ物ではないので、通じないと思われる）。沖縄でポピュラーな「てびち」（豚足）も入れない。

　うどんは鍋焼きうどんまたは焼きうどんで、めんつゆを入れたかけうどんはない。麺は非常に柔らかくてコシがないが、日本料理のイメージがあるからか、値段は担仔麺の20-35元より高めの80元以上のものが多い。

味噌汁もあるが、味が甘めである。かつお節や煮干しなどでダシをとる概念があまりないからか、かつお節、煮干し自体（というか出がらし）が具になっていることが多い。そしてなぜか「涼麺」（台湾風の冷やし中華）と一緒に売っているところが多い。

刺身が食べられるところも昔と比べ、かなり増えたが、もともと生の魚を食べる文化がなかったことに加え、高温の環境で鮮度が落ちる恐れもあるため、一般のスーパーでは刺身の「柵」を売っていない。刺身好きな人にとって実に残念なことである。

1-5 早餐店

在日本，常聽到臺灣留學生抱怨沒有早餐店，日本之所以沒有像臺灣一樣有專賣早餐的早餐店，主要是因為日本人多在自家就吃完早餐，或是不吃早餐，亦或至便利商店購買，或是直接在咖啡廳等解決。

就筆者的經驗，臺灣的學生的確有不少人在教室吃早餐，或是直接在早餐店解決。中式早餐的種類豐富，舉凡燒餅、油條、豆漿、米漿、蛋餅、飯糰等，包羅萬象。雖然日本也有日文漢字為「豆乳」的豆漿，但味道與臺灣的豆漿有些許差異，喝起來沒有什麼豆子味。日文裡所指的「饅頭」，其實是中文的「包子」，而臺灣的饅頭裡面沒包餡，有包餡的除了肉包、豆沙包以外，還有日本沒有的芝麻包、奶皇包等。

「美而美」調の看板の朝食屋

「呷尚宝」朝食屋

此外，臺灣還有像是「美而美」、「麥味登」等這些在地的西式早餐連鎖店，用比較低廉的價格，就可以吃到不輸給大型企業漢堡店的漢堡，近年來還有裝潢時髦的店家，可以在裡面悠哉地用餐。

　　臺灣的早餐店早在 1980 年代就已存在，後來不斷地演變，上述的知名連鎖早餐店有些甚至整個上午或一整天都有營業，而「四海豆漿」等傳統早餐店也有營業到半夜的，成為人們吃宵夜的好去處。只要想吃，在臺灣隨時都能吃到熱騰騰的早餐店美食。

1-5 朝食屋

　　日本でよく台湾人留学生が疑問に思うことの一つはなぜ日本には朝食屋さんがないのかということである。

　　日本でも、ファストフード店やカフェなどは食事のテイクアウトが可能であり、牛丼屋さんなどでも朝食を提供しているが、台湾のように朝食を中心にやっている朝食屋さんは見たことがない。日本人の友人の話によると、その理由は、日本人は基本的に学校や職場で朝ごはんを食べず、朝食は自宅

台湾の昔ながらのおにぎり。肉の田麩、油条などが入っている

昔ながらの朝食「油条」（仙台麩／油麩に似ている）「焼餅」に挟むか「杏仁茶」や「花生仁湯」（甘いピーナッツスープ）につけて食べるのが一般的

で済ましてから（もしくは食べずに）出勤するため、店を作る必要がない、との話だ。

　　ただし、学校や職場で食べなくても、自分も含めて朝食屋を利用したりする。台湾の朝食の特徴は何と言ってもそのバリエーションの豊富さだ。昔ながらの朝食と言えば、小麦粉とラードで作ったミルフィユのような生地に揚

げ麩のようなものを挟んだ「焼餅油條」と「豆漿」、「米漿」が定番である。「豆漿」は直訳すると「豆乳」だが、味はかなり違う。また、塩味の「鹹豆漿」もある。「米漿」は米や落花生などの原材料を細かくして煮込んだ飲み物である。日本の本土にはないが、沖縄の「ミキ」という飲み物に近い。そのほか、同じく小麦粉で作ったもちもちしたクレープのような生地に卵を挟んだ「蛋餅」やハンバーガーなどもある。台湾の「饅頭(マントー)」は日本の「饅頭(まんじゅう)」とは異なり、中に何も入っていない肉まんのようなもので、そのまま食べたり、卵を挟んだりして食べる。「包子」は肉まんのようなもので、中があんこやごま餡のものもある。

　朝食屋は筆者が物心がついた 1980 年代頃には個人経営の店がほとんどだったが、今は「美而美」や「麥味登」、「早安美芝城」、「呷尚宝」などの朝食屋のチェーン店も街中にたくさん見られるようになった。近年、内装がよくなり、マクドナルドのように店内でもっとゆっくり食べられる店もある。朝食屋は大体早朝から昼にかけて営業しているので、ハンバーガーが食べたいが、あまりお金を使いたくない時に利用するといいだろう。「四海豆漿」のように、昔ながらの朝食屋さんの中には、深夜までやっている店もあるので、食べたい時にいつでも作りたてホカホカのが食べられる。

1-6 刨冰

　　臺日都有在夏天吃刨冰的習慣，但兩地的口味差異很大。日本人講究冰的本質，在日光等地吃得到不是冰箱做出來的天然冰，但是扣掉「宇治金時」（類似臺灣說的抹茶紅豆冰）以外，幾乎都只有加各種顏色的糖漿，沒有像臺灣一樣加一堆料。臺灣的刨冰就豐富多了，除了傳統刨冰之外，還有雪花冰、綿綿冰、泡泡冰等多種口味。一般日本觀光客也許會以為臺灣的刨冰就是他們來臺灣時吃的芒果冰，可是筆者第一次看到這種芒果冰，其實已經是在高中時期（大約是 1998 ～ 2000 年左右），據說那是發源自臺北永康街的

熱々の具に冷たいかき氷をトッピングした「潮州冷熱氷」

黒砂糖シロップがおいしい「黒砂糖刨氷」

某家冰店。但傳統上臺灣人一般吃的刨冰都是加料之後再淋上糖水或煉乳，比芒果冰便宜多了。常見可加的料有豆類、雜糧、仙草、愛玉、粉圓、粉條等。目前在臺北常見的刨冰大概一碗要 70 元，可以加 3 到 4 種料。

用牛奶做的雪花冰日本原本沒有，所以有賣的地方都會特別強調是「台湾かき氷（臺灣刨冰）」，但他們依然只淋上五顏六色的糖漿，然後賣 500 日圓以上。臺灣的刨冰中，除了綿綿冰、泡泡冰以外，屏東潮洲的「冷熱冰」、車城的「綠豆蒜」也算當地名產了。其中「綠豆蒜」其實是剝了殼的綠豆，看起來像大蒜，並不是真的加大蒜進去。

1-6 かき氷

　台湾は日本と同じく、夏にかき氷を食べる習慣があるが、中身はだいぶ違う。日本のかき氷は宇治金時のような一部のかき氷を除き、ほとんど色とりどりのシロップをかけただけであるが、台湾のはまず氷の種類によって、普通のかき氷（刨氷、剉氷）以外にも、「雪花氷」「綿綿氷」「泡泡氷」など食感も味も様々である。次に、シロップだけでなく、いろいろなトッピングを入れるのも台湾スタイルである。

　日本で台湾のかき氷と言えば、マンゴーかき氷をイメージしがちなのかもしれないが、実はマンゴーかき氷の歴史はそれほど古くなく、およそ 2000 年前後くらいに台北市の永康街のかき氷専門店のマンゴーかき氷が人気になり、一気に全国に広がったようである。

　私たち台湾人が日常食べているかき氷は器に具を入れ、その上にかき氷を乗せ、最後に上からシロップ（というより濃度の高い砂糖水）や練乳をかけたものである。マンゴーかき氷が一人前 100 ないし 200 元もするのに対し、普通のかき氷は 30 元から 70 元ほどでお財布にも優しい。

　トッピングはいくつかに分けられる。伝統的なものは柔らかく甘く煮込んだ小豆、落花生、金時豆、ハトムギ、タロイモ、さつまいもなど豆や雑穀類で、「八宝氷」というのは決まってこれら 8 種類をトッピングしたものである。ゼリー系のものは仙草、愛玉、杏仁豆腐、ナタデココのシロップ漬け、プリン

日本で台湾のかき氷と言えば、この「雪花氷」

などである。もちもち食感のトッピングにはタピオカ、白玉、芋圓、粉粿（片栗粉で作ったもちを黄色く着色したおもち）、粉條、米苔目（米で作った麺）などがある。他にもパッションフルーツのシロップなどいろいろある。70元のかき氷はだいたいこれらの具から3、4種類選べる。

「雪花氷」はふつうの氷ではなく、牛乳を凍らせたもので作ったかき氷である。ふわふわ食感で日本人にも人気である。マンゴーかき氷にも基本的にこれが使われる。

地域によって、様々な変わり種がある。例えば、上で挙げた「綿綿氷」、「泡泡氷」は基隆廟口夜市（お寺の門前夜市）の名物で、日本のかき氷のようにあらかじめ様々な味から1種類選び、その味のシロップやトッピングをかき氷に混ぜ、さらに空気も混ぜながらふわふわ食感に仕上げたものである。

台湾南部の屏東潮州の「冷熱氷」、車城の「緑豆蒜」も有名である。「冷熱氷」はふつうのかき氷とほぼ同じであるが、熱々のトッピングと冷たい氷を楽しむ。「緑豆蒜」は緑豆の殻を剥いた様子がニンニクに似ているところからその名前がつけられたが、かき氷自体は特別なところはないが、中に決まって「緑豆蒜」が入っている。

1-7 臺灣的手搖杯飲料

2019 年突然在日本爆紅的珍珠奶茶據說是臺灣人創造的，但其實歷史並不長。筆者印象中第一次喝珍珠奶茶是在小學五、六年級時（大約是 1993～1995 年），當時約 200cc 就要 25 元，對比當時的物價，屬於非常貴的飲料。而且家裡附近也沒有像現在這樣光鮮亮麗的珍珠奶茶店面，而是在馬路上的小攤子賣的。有時為了省錢，筆者還會買便宜 5 元的珍珠紅茶。到了國中時期，才開始出現現在這種用塑膠杯裝、以塑膠封膜、500cc 的手搖杯包裝。在當時，裝在這種容器的珍珠奶茶是非常新穎的飲料，其中印象最深的品牌是曾經進軍

日本的「快可立」。過沒多久，坊間就出現了各種不同的品牌，例如外觀跟名字都很像「快可立」的「葵可利」、「休閒小站」，藝人董至成也開過一家「董月花奶鋪」。不過大部分都沒有像現在講究用高級茶葉或是現泡的，而是以迅速提供為主。後來賣茶葉的「天仁茗茶」等也加入戰局，百家爭鳴，一直發展到現在，每家都有各自的特色產品。

ドリンク店「50嵐」。南部の店舗の方は値段が北部より5元安いという

　　臺灣的飲料店除了加珍珠的飲品以外，還有賣綠豆沙、果汁之類的非茶類飲品，或是在奶茶裡加布丁、咖啡凍等，像這些飲品，日本的珍珠奶茶店就沒有販賣。

筆者の自宅の近くにある1998年創業のドリンク店

此外，有些店還會依粉圓的大小分別稱之為「珍珠」或「波霸」。珍珠奶茶在全球都受到了各國人士的喜愛，究竟誰才是發明珍珠奶茶的元祖，目前還是沒有定論，以前常聽到的是臺中春水堂，但後來臺南的翰林茶館宣稱自己才是，聽說還因此打了官司。但不管是哪家，筆者認為掀起這波熱潮的應該是快可立。

1-7 バブルティー

　2019年に日本でブームになったタピオカドリンクは台湾発祥と言われているが、その歴史はそれほど古くない。筆者が初めて飲んだのは小学校五年生の1993年頃で、母親がある日突然買ってきたのである。甘味がめったに口にできなかったあの頃の自分は一口飲んで「こんなにおいしいものがあるとは」と衝撃が走った。今のような専門店がなく、道路沿いの屋台で売っていた。当時、筆者の月々のお小遣いが100元で、缶コーラが15元だったが、タピオ

カミルクティーは200ccで25元とかなり高価なものだった。気軽に買えなかったので、節約するために、しばらくの間、タピオカミルクティーではなく、ミルク抜きで5元安いタピオカティーを買って飲んでいた。中

波覇と珍珠

学三年生の1997年頃、現在のプラスチックカップにフタの代わりにフィルムを使ったスタイルのものを見かけるようになった。一番印象に残っている店は日本にも進出していた「快可立」（Quickly）である。見たことのない容器の新奇性に加え、1,000ccで25元という手頃な値段が人気を呼び、瞬く間に様々な競合店も雨後の筍のように街中にたくさん現れた。「快可立」は注文が入ってから数種類の作り置きの飲み物を冷蔵庫から出し、混ぜただけなので、味がイマイチだった。それに対し、競合店は1,000ccを20元で売ったり、作りたてのものを売りにしたりしていたので、「快可立」は10年も持たずに他の店に取って代わられた。

　台湾のドリンク店はタピオカだけではない。例えば、「緑豆沙」（緑豆フラッペ）やフルーツジュースも人気がある。かき氷と同じように、タピオカは飲み物に入れる具の一つに過ぎない。タピオカでも「50嵐」という店のように「珍珠」と「波覇」という名前を使い分ける店がある。「珍珠」とは、本来真珠のことで、タピオカを美しく表現する呼び名であり、「波覇」とはボインのことである。「粒」が大きいので、「50嵐」では「波覇」は粒の大きいタピオカを指す。筆者は、タピオカの他に、プリンが一個丸ごと入ったプリンミルクティーやコーヒーゼリーが入ったミルクティーも好きだ。

　タピオカミルクティーの発祥店が果たしてどこかは定かではないが、台中の「春水堂」と台南の「翰林茶館」がそれぞれ自分が元祖だと言い張ってい

る。しかし、筆者がこの両者を知ったのは大学に入ってからなので、ブームを起こし、生活の一部として定着させるのに貢献したのはやはり今はなき「快可立」が一番だと思う。

1-8 流水席

「流水席」是臺灣一種傳統的宴客方式，會不斷供應菜餚與酒水，讓客人隨到隨吃。「流水」二字，主要是形容一道菜接著一道菜出餐，並描述客人一批一批陸陸續續來用餐的狀況。流水席多會在大節慶、傳統宗教活動，或是有錢的大家族在辦喜事時舉辦，志在讓大家參與同樂，參與盛會的人不太需要負擔費用或包紅包，是臺灣充滿民俗風情與人情味、豪爽的宴請方式之一。

而另一種一般人常會與流水席搞混的共餐慶祝方式是「辦桌」。辦桌與流水席一樣是透過酒席款待客人，但能參與辦桌的人卻僅限受邀的親朋好友。辦桌的場地多選在馬路邊、寺廟廣場、學校操場等開放的空間，和流水席的場地一樣，因此才會有人把兩者搞混。在戶外辦桌的時候，會在現場搭起棚架與爐灶，請廚師烹飪筵席菜餚，現做現吃，這點跟日本先做好再運到會場的「仕出し（類似外燴或外賣）」不同。常見的辦桌料理有「佛跳牆」等山珍海味，若辦桌的菜餚吃不完，通常大家會打包回家。昔日有些人在辦桌時，還會請脫衣舞團之類的歌舞秀表演同樂，現在已經不常見了。此外，露天舉辦的辦桌跟以前相比似乎也減少了，例如現在的婚宴，大多人可能會選擇利用結婚會館或是餐廳。

1-8 青空レストラン

「流水席」とは、台湾の伝統的な宴会のやり方の一つである。なぜ「流水」という名前なのかというと、一説によると、宴会の進行している間に、（日

本のわんこそばのように）料理やお酒などが水のようにどんどん流れて（運ばれて）くるからとのことである。もう一つ似ているものは「辦桌」（台湾語で「バントー」）である。台湾語の「辦桌」は宴会の意味なので、青空の下でやってもレストランの中でやっても「辦桌」になり得るが、流水席は基本的に露天（或いは下で述べるようなテントの中）なので、筆者のように両者を一緒くたにする人も少なくないようである。両者の一番の違いは招待する対象と主催者である。流水席は主に廟などの祭りや地方有力者の結婚式などで行われ、どんな人でも参加でき、飛び入り参加も可能であるが、辦桌は一般人の結婚披露宴や忘年会、謝恩会ないしお葬式などで行われ、対象者も親戚や友人などと決まっている。昔は大人数で賑わうのが好まれていたので、どちらにしても基本的に人数が多く、例えば結婚披露宴では遠い親戚だけではなく、隣人だったり、よく知らない人でもちょっとした「紅包」（ご祝儀）を出せば、参加することができたようだ。

歩道（アーケード）で宴会を開いている様子（写真提供：崔正芳）

　露天でやる場合、両者はそれほど差がない。流れとしては、宴会をやる当日の朝に業者に指定の場所に来てもらい、その最寄りの歩道に工事現場の足場のようなアルミパイプや竹で作った骨組みを立て、その上に養生シートを張って宴会場を作る。テントを張らずに露天でやる場合もある。また、学校やお寺など、団体でやる場合、構内の体育館や空き地でやるのが一般的であるが、個人でやるときは車道でやることもある。シートの色は場面によって異なる。結婚披露宴の時は一般的に色とりどりのシートを使う。そして、たくさんの円卓が並べられる。業者は日本の仕出しのようにできた料理ではなく、下処理だけした食材ないし生の食材、調理器具、そしてガスボンベを現場に持っていき、そこで作りたての料理をどんどん作っていくのである。必ず出ると言ってもいいほどの料理は乾物などを壺に入れて調理する「仏跳牆」やカニおこわなどである。また、食べ残した場合は、みんな持ち帰ることができる。

　約30年ぐらい前までは、お客さんを喜ばせるために、主催者がポールダンスやストリップショーを用意することもあった。筆者が小学校の時に参加した遠い親戚の結婚披露宴ではそれもあったが、大人たちにそれを見るのが許されず、ステージを後ろにして座らせられたことが今も印象深い。

　いずれにしても露天の宴会は台北では今は珍しくなり、宴会場やレストランを利用するのが一般的になっている。

2 衣

臺灣講究穿著的人不少，但一般人不像日本人一樣那麼注重穿搭。就筆者的印象，UNIQLO 雖然總是客人很多，但在日本的街上卻很少看到撞衫的人，應該是因為日本人很懂得穿搭。

スニーカーをよく履く台湾人

日本人和臺灣人都是亞洲臉孔，單看長相有些人沒辦法區分，但可以靠著化妝及穿著辨識出是哪一國人。例如，臺灣人不管男女老幼，很多人腳下穿的都是運動鞋。穿連身裙搭運動鞋的女生也不少，筆者認為這是因為運動鞋比較好走的緣故。臺灣有很多人背背包，不但可以減輕身體的負擔，也可以裝很多東西。即使在日本，看到這樣穿搭的人，八九不離十是臺灣人。

臺灣人也不像日本人會依季節改變穿著的顏色，例如在冬天，臺灣人還是會穿五顏六色的衣服，但日本人幾乎只穿黑色。還有臺灣雖然沒日本冷，人們還是非常喜歡穿羽絨外套，因此有人在網路上說，臺灣到了冬天，就會出現一堆米其林寶寶。另外，臺灣的四季不像日本那麼分明，在某些時期，街上可以看到有穿短袖的人，也有穿羽絨外套的人。

雖然穿著主要是個人喜好的問題，但比起打扮，臺灣人應該更注重機能性吧。

2 ファッション

・・・

　台湾人は日本人と同じくおしゃれに敏感な人が少なくないが、一般の人は日本人ほどコーディネートが上手ではない。筆者のイメージであるが、例えば、ユニクロはいつも買物客で賑わっているが、日本の街中ではあまり服がかぶっている人を見かけない。きっと日本人はコーディネートがうまいんだと思っているのである。

　日本人と台湾人は同じアジア人なので、顔ではあまり区別できないという人もいるが、化粧や服装で区別できる人もいる。例えば、日本でも野球帽をかぶっている女の人は大体韓国人だとか。なるほど、そういう見分け方もあるのだと、日本人の友達に教えてもらってからというもの、自分も外見を観察し、特徴を見出すことに興味を持つようになった。台湾人は、まず老若男女を問わず、スニーカーを履く人が圧倒的に多い。たとえワンピースを着ている女子でも、パンプスなどではなくナイキやアディダスの人がかなりいる。歩きやすいためである。また、リュックを好んで使っている人もかなり多い。背負えば体に負担があまりかからないし、何かを入れる時にも容量が大きいからだ。日本の皆さんも目の前にいる人が台湾からの観光客かどうか、この二点から判断すれば、かなりの確率で当たるだろう。

　また、台湾は日本ほど季節感がなく、春には薄手で長袖、ペールトンなど柔らかい色、夏には白を基調とした半袖、秋には厚手で茶色、濃い緑、冬には黒いコートを着るといったイメージがない。日本は冬になると黒ずくめになるのも台湾人である自分にとっては衝撃的だったが、台湾でも冬になるとほとんどの人がダウンジャケットを着る。熱帯に属する南部の台南や高雄など、気温が 20 度を下回るとダウンやセーターを着る人がいるそうだ。季節が

カラフルな服を好み、厚着と薄着する人が混ざっている台湾人

日本ほどはっきりしないため、例えばこの文章を執筆中の十一月下旬に街中に出ると、半袖を着ている人もいれば、ダウンジャケットを着ている人もいるという不思議な光景を目にする。ダウンジャケットを着る人があまりにも多いため、一時期ファッションにうるさい海外帰りの人がインターネットで「みんなミシュランマンだ」とコメントしている。

　ファッションというのは好みの問題もあると思うが、台湾の多くの人はそれよりも実用性を重視しているのではないかと思う。

3 住

3-1 臺灣的住宅 1

　　臺灣屬於華南氣候，溫暖潮濕，因此也有很多閩南式建築，如騎樓。日本也有類似騎樓的「雁木通り」，主要是在新潟等日本海沿岸會下大雪的地方。臺灣的騎樓現在幾乎都被機車占據，失去了原本讓行人能在雨天也方便行走的功能。

　　三合院、四合院是臺灣代表性的傳統建築，但 1980 年左右在臺北已經幾乎見不到了，取而代之的是公寓建築及「透天厝」。公寓在日語中叫做「アパート」，是來自英語的「apartment」，但日本的「アパート」看起來就像組合屋，不但階梯外露、只有兩層樓，而且門一打開就是室外。臺灣的透天厝也跟日本的「一戸建て」不一樣，基本上沒有庭院，且是鋼筋水泥建築。

台北市迪化街のバロック様式の「街屋」（日本の町家と同じように奥行きが深い）

但在 1990 年代以後，5 層樓以上、有電梯的大樓大廈（接近日本的「マンション」，但「マンション」未必有電梯）逐漸增加，「透天厝」便越來越少。

在臺灣，早期蓋的公寓及大廈有些住戶習慣把自家門前的公共空間當成自己放鞋子、停自行車的地方，在日本原則上是不可以的，這個習慣的不同是筆者在日本居住的時候從不動產公司得知的，主要是擔心發生萬一時會妨礙逃生。而公寓最上層的住戶，以前因為沒有法規限制，也有些人會直接把頂樓當成自己的。此外，因為臺灣多雨，很多家庭飽受漏水壁癌之苦，但解決之道通常是加蓋鐵皮屋頂，而非價格較高的瓦片，有聽過鐵皮屋頂被颱風吹走的。頂樓加蓋的地方也不少，但這樣的加蓋方式，一到夏天，室內會很熱。昔日加蓋鐵窗的住戶也非常多，原本是防盜用的，現在大部分是當作置物空間。早期的鐵窗通常有很美的設計，所以這些「窗花」跟室內的花磚現在反而都成了臺灣的建築特色之一。跟日本「一戶建て」最像的應該是「宜蘭厝」，有著符合當地風土的傾斜屋頂、院子，住起來應該很舒服。

▲ 台北市迪化街の閩南式街屋の「騎楼」
◀ オートバイの駐輪場となっている騎楼

3 住宅

3-1 台湾の住宅事情 1

　台湾は気候が中国の華南と同様に温暖多湿で、昔の建築様式も華南と似ている。例えば、雨の日にも商売ができるよう、日本の「雁木通り」のような「騎楼」（アーケード）がそうである。しかし、「騎楼」は今ほとんどがオートバイに占拠され、オートバイの駐輪場となっており、歩道としてはあまり機能していない。

　コの字、ロの字のように、三つ、四つの建物に中庭が囲まれた「三合院」「四合院」は代表的な伝統的家屋だったが、筆者が生まれた 1980 年頃には既に台北ではほとんど見られなかった（地方には保存されたものがまだある）。伝統的な家屋の代わりに現れたのは 3 階建て〜 5 階建ての「公寓」という集合住宅及び「透天厝」である。「公寓」は英語に直訳すると「apartment」になるので、「アパート」が連想されるが、中身は随分異なる。「公寓」は外階段がなく、一階の入り口に入るとすぐ階段であり、エレベーターのあるところはほとんどない。階段を登っていくと、階ごとに両側に 1 戸ずつある。日本の団地のよう

公寓の階段

透天厝の階段

鉄格子の出窓

なものである。中に入るとベランダであり、掃き出し窓から部屋に入る。「透天厝」は日本語に直訳すると「一戸建て」になるが、これも日本の一戸建てとはだいぶ違う。庭付きではなく、「公寓」と概ね同じ鉄筋コンクリート造りである。どちらかと言えば、日本のマンションに近く、3階建て、4階建てのものが多い。但し、階ごとに生活空間と階段を仕切る壁などがなく、階段を上がったところがいきなり居住スペースである。

1990年代に入ってから「大厦」「大樓」という高級マンションが増えてきた。特徴として、5階建て以上のものが多く、エレベーターもついている。「公寓」も「大厦」も廊下及び階段は公共スペースであるが、かつて大抵の住民は自分のうちの前のスペース、階段を自分のものとして使う。下駄箱を始め、自転車を置いたりする人もいる。「公寓」の屋上空間も全ての住人が共有するスペースのはずであるが、法律が改正されるまで、最上階の住人が自分のものにしているところもある。雨が多いため、雨漏りに悩まされている人が多い。対策として、瓦より安いトタン板を使う家が多いが、時折台風に飛ばされることがある。屋上にトタン屋根だけでなく、増築して、例えば4階建

トタン板で増築した部分

公寓の外観

閩南式建築

てを５階建てにした家も多く見られる。増築した階は自分で住んだり、貸家にしたりするが、夏場は大変暑いそうだ。鉄格子（の出窓）も台湾でよく見かける。ひと昔前までは防犯上の理由でつけていたが、今は物を置いたりする空間としてつけている。ここ数年、室内に敷かれたタイルとともに、その凝ったデザインが台湾の建築物の特徴として再び注目を浴びている。

　日本の一戸建てに最も近いのは「宜蘭厝」である。「宜蘭厝」とは宜蘭県にある家屋のことであるが、宜蘭県にある家屋はすべて「宜蘭厝」とは限らない。簡単に言うと風土に合う家屋のみ「宜蘭厝」と呼べる。日本と同じ切妻屋根だったり、庭付きだったりで住みやすい。

3-2 臺灣的住宅 2

　　臺灣以前的地板大多是磨石子地板，但據說成本較高，因此後來漸漸變成了磁磚，不過不論是哪一種，都很適合夏天很熱的臺灣。近年來，磨石子地板的美再次受到矚目，但是懂得施工的師傅已經不多了。

一般來說，日本的住宅會把地板蓋得比較高，所以「進屋裡」可以用日語「上がる（上）」這個動詞，但在臺灣，有不少家庭是穿著外出鞋直接進到屋裡，但不至於穿進寢室。而不穿室外鞋進屋裡的部分家庭，則是把鞋子放在門口的內外，或是樓梯間。至於室內，以前的臺灣人比較不講究裝潢，常常僅用夾板隔間，現在在鄉下還可以看到不少這樣的房子。大歸大，但房子較不易打掃。日本的房子小歸小，但給人一種很舒服的感覺。而且即使是鄉下，臺灣的房子還是好幾棟連在一起，也不特別留停車位，而是直接停在馬路旁。

　　臺灣的浴室，基本上都是跟廁所一起，因為沒有泡澡的習慣，僅採取淋浴，有些家庭不一定有浴缸，或是將浴缸作為置物空間。至於室內空間的牆壁上不太常看到有貼壁紙，基本上都用油漆粉刷。比較特別的是，日本的房子若是成屋的話，在銷售的時候常常是連室內都裝潢好了，不像臺灣大部分都是買空屋，需要另外花錢裝潢，但優點就是屋主可以依自己的個性做室內設計。此外，日本還有專門蓋來出租的房子，臺灣似乎沒有，筆者推測這跟他們上班族要常常調職有關。日本出租的房子一般都附有廚房，也跟臺灣租給上班族、學生的「雅房」、「套房」不同。

人造大理石の床

凝ったデザインの鉄格子

3-2 台湾の住宅事情 2

　台湾の住宅の内装は日本のとだいぶ違う。昔は人造大理石（テラゾ）の床が多かったが、次第にタイルに変わっていった。人造大理石もタイルも肌触りがひんやりしており、夏の暑い台湾にもってこいであるが、人造大理石は施工のコストが高いという。近年、その見た目のよさが再評価され、再び注目を浴びるようになってきたが、施工のできる職人がもうあまりいないそうだ。ほとんどの家は日本家屋のように床が高く造られていない。そのため、日本語を教える際に、なぜ家に入るこ

地方の住宅街

とは日本語では「上がる」と言うのか説明が必要である。土足で入れる家は少なくないが、寝室では基本的に外履きを履かない。土足で入れない家は家の玄関や階段、踊り場などで履き替える必要がある。

　30年ぐらい前の家は内装にこだわりがなく、薄いベニヤ板で仕切られたものが多かった。そのような家は地方ではまだたくさん見られる。筆者は何度も地方の自宅兼店舗の飲食店で食事したことがあるが、お手洗いを借りる時、時々奥まで行かなければならない。家は非常に広いが、、掃除は大変である。それならなぜ日本のような庭付きのこじんまりとした住宅にしないのだろうといつも思っている。日本人から見れば、もっと不思議なのは、田舎でも本当に「軒を連ねている」家が多く、しかも駐車スペースがなく、車を道路に止めるところが多い。

浴室はトイレと一体となっている家も多く、脱衣所も基本的にない。湯船に浸かる習慣がなく、シャワーで済ませる人がたくさんいるからか、浴槽のない家もある。ちなみに、筆者のうちでは昔からお風呂に入る習慣があるので、うちにはタイル張りの浴槽があった。

壁は、湿気が多く、カビが生えやすいからか、壁紙を貼る家があまり見られず、ペンキ塗りのところが多い。

建売住宅も日本とは異なり、内装がない。部屋を買って、自分好みに仕上げるので、同じマンションでも、各家庭の内装が全く違うことが一般的である。

台湾は転勤が日本ほどないからか、賃貸のために建てた物件は聞いたことがない。マイホームを持っていない人は「透天厝」のどれか貸家になっている一つの階を借りるか、マンションの中の一つの物件の、さらに仕切られたスペースを借りるしかない。後者（「小套房」や「雅房」と呼ばれる）は故郷を出てきた学生や独身のサラリーマンが借りることが多いが、キッチンがついているところは非常に少なく、外食に頼るしかない。

3-3 臺灣的物價

來臺灣玩的日本人通常會覺得臺灣的物價很便宜，其實這是因為對臺灣人來說日本的薪水很高。實際上若是領臺灣薪水，在臺灣生活的話，就會發現物價並不低，尤其近十年物價漲了不少，薪資卻沒有提高太多。以前，筆者的老師說日本貴的其實是日圓，只要把日圓的一個零拿掉，單位換成臺幣，就是臺灣的價格了。例如當時一碗牛肉麵70元就有了，一碗拉麵則是700日圓。但現在一碗牛肉麵通常要價100元以上，臺灣的日本拉麵也要200元，但日本國內倒沒有2000日圓的拉麵。以國立大學的教職員薪水來看，臺灣的助理教授年薪大約100萬元，副教授約120萬元，但在日本同樣的職位，年薪卻分別是350～500萬日圓與700萬日圓。

トイレットペーパーの値段

　此外，臺灣的生活用品也不知道為什麼很貴，例如捲筒式衛生紙的價格就比日本還貴。值得一提的是，臺灣的乳製品基本上也很貴，但全脂牛乳跟低脂牛乳一樣價格，高筋麵粉跟低筋麵粉的價格也相同。而在日本，全脂牛乳、高筋麵粉都比低脂牛乳、低筋麵粉貴。在臺灣，有人認為外食還比自己煮便宜，其實也不一定。以高麗菜的價格來說，盛產的時候一顆 10 元也買得到，但若因颱風等影響時竟可高達 300 元。但在臺灣，也不是什麼都貴，最便宜的可說是人力，所以像是修理自行車，或是交通費，都要比日本便宜許多。

3-3 台湾の物価

　台湾に遊びに来たことのある筆者の友人がこぞって口にするのは台湾の物価の安さである。確かに日本の給料をもらっていれば、台湾の物価は安く感じられるかもしれないが、台湾で仕事をし、生活している人にとっては、それほど生活は楽ではない。

　台湾の物価はここ 10 年ぐんと上がったが、人件費、つまり働いている人の給料だけそれほど上がっていない。筆者の大学生だった 2002 年頃に、日本人の先生が「日本の物価はそんなに高くない。高いのは日本円だ」とおっしゃっ

食事の値段

ていた。「台湾と日本の物価はゼロ（一桁）引けば、ちょうど同じだ」という。なるほど、当時台湾では牛肉麺が一杯70元で、日本ではラーメンが一杯700円だったので、為替レートの差を考えなければ、感覚的には同じかもしれない。18年経った今、牛肉麺は一杯100元以上のものがほとんどで、日本から来たラーメンだと一杯200元前後である。しかし、給料は相変わらずである。筆者の仕事の給料を例に見ると、助教の給料は月額7万元ほどで、研究費などを足しても年額100万元ぐらいである。筆者は日本でもいろいろな大学に応募したが、最も低いところでは350万円ぐらいで、高いところは500万円ぐらいである。准教授だと、台湾では月々の給料が8万元ぐらいで、年額120万元ぐらいである。それに対し、日本では700万円である。かなりの差が出る。給料は安いのに、生活用品はなぜか高い。例えば、台湾のトイレットペーパーは筆者の調べでは最安で6本入りのが49元（175円ぐらい）であるが、日本なら12本入りのは289円から（価格.com）。乳製品も高い。なぜか牛乳と低脂肪牛乳が同じ値段である。小麦粉も強力粉と薄力粉が同じ値段である。

　外食は自炊より安いと考えている人もいるようであるが、実際は、野菜の値段の変動が激しい。例えば、キャベツの収穫量が多い時期には、1玉10元で買えたりするが、台風などの影響で収穫量が少ない時期は、1玉300元にもなったりする。

　しかし、何でも高いわけでもない。人件費が安いおかげで、その業種以外の人にとってありがたい場合もある。例えば、自転車のパンク修理は、筆者

が筑波大学にいた 2008、2010 年頃には一箇所につき 700 〜 1,000 円もしたが、台湾では 30 元だった。工賃があまり多く取れないせいで、材料代を上げる店もある。

　交通費も安い。台北から高雄までの高速バスは最安値が 450 元で、新幹線でも 1,490 元ほどである。同じぐらいの距離の東京−仙台だとバスが 2,400 円ぐらいからで、新幹線は格安チケットでも 7,000 円を超える。

3-4 臺灣的垃圾處理

　　臺灣跟日本一樣都有垃圾分類，以筆者實際居住過的臺北市與日本的仙台市為例，臺北市主要分為垃圾、資源回收物與廚餘三類，只有垃圾需要另外購買垃圾袋，而日本仙台市除了可燃及塑膠類的垃圾要使用專用的垃圾袋之外，還須在指定的日子丟棄。臺灣在「垃圾不落地」政策施行以前，垃圾隨時都可以丟到指定的垃圾場。提到垃圾場，在日本是由「町内会」開會決議，例如這個月要放在誰家外面，下個月要放在誰家外面等等，但在臺灣則是由政府指定，而垃圾車也不像日本是上午來回收，而是晚上。

台北市のゴミ収集車

臺灣自從「垃圾不落地」施行後，因為沒了垃圾場，附近居民就不用天天聞臭味了。日本因為烏鴉很多，如果不在規定的時間丟垃圾，且沒把垃圾堆的網子蓋好，就有可能被烏鴉亂翻一通，不守規則的人會被里民罵。不過，在臺北倒垃圾變成只能在指定的時間，其實對某些市民來說反而變得不方便，因為大家都必須在垃圾車快來的時間，帶著垃圾去外面等。每當聽到《少女的祈禱》、《給愛麗絲》這兩首世界名曲在大街小巷響起，就代表倒垃圾的時間到了，這樣的情景，大概也只有臺灣了吧。此外，在日本處理巨大垃圾時，必須自己花錢請人處理，在臺北只要打電話給環保局，就可以免費等環保局人員來收。特別的是臺北市有 3 個垃圾處理場，都附有一些設備，如溫水游泳池等，回饋給當地市民使用。雖然臺灣政府已努力解決垃圾問題，但很遺憾的是，近年來仍有許多沒有公德心的人，不但不使用規定的垃圾袋，甚至亂丟家庭垃圾，破壞市容。

3-4 ゴミ出し

　　世界で問題になっているゴミ問題は台湾でも大きな問題となっている。台湾は日本と同じように自治体によってゴミ出しの方法が違うので、ここでは台北市のゴミの出し方について紹介する。

　　まず、ゴミの分別はあるが、ゴミ袋に関しては、日本のように可燃ゴミ、不可燃ゴミ、プラスチックなどと細かく規定されていない。区別自体はあるが、ゴミを出すときの分別は義務付けられていない。分別は、台北では基本

ゴミ収集車を待っている人々　　　　　　　ゴミ収集車を待っている人々

的にリサイクルできないゴミとリサイクルできる資源ゴミ、生ゴミの3種類である。資源ゴミは主にプラスチック、紙類、金属、乾電池、ガラスなどである。

　陳水扁市長時代（1994-1998年）の「垃圾不落地」政策が施行される前は、所定のゴミ集積所であれば、いつでも出すことができた。ゴミ集積所は町内会の話し合いなどで決められたのではなく、市が決めていた。ゴミの回収も日本のように午前中ではなく、夜の9時台だった。「垃圾不落地」とは、「ゴミを地面に落とさない」、つまり、ゴミを集積所に置かずに直接ゴミ収集車に入れるということである。この政策の施行によってゴミ集積所が消え、街中がきれいになった。ちなみに、台湾にはもともとカラスがほとんどいないので、日本のようにカラスにゴミを漁られることはない。このようなメリットがある一方、ゴミ収集車は週に二日休みで、資源ゴミを回収する日も決まっているので、ゴミ出しが不便になったというデメリットもある。不便さを解消させるため、ゴミ収集車が1日に2度来るようになった。午後の4時台と9時台に元のゴミ集積所だったところなど、所定の場所にゴミ収集車が音楽を流しながらやって来るので、その時間帯になると人々がゴミ袋をぶら下げてゴミ収集車を待っている光景が見られる。「乙女の祈り」或いは「エリーゼのために」を流してゴミ収集車の到着を住民に知らせるので、この二曲の音楽を聞くと台湾人は真っ先にゴミ収集車を連想する。

　「垃圾不落地」政策の施行とともに、ゴミを出す時に専用のゴミ袋を使わなければならないことになったが、粗大ゴミの回収は今も無料で、市の環境保護局（略して環保局と呼ぶことが多い）に電話して予約すれば、約束した日に回収に来てくれる。

　市内のゴミ焼却場は3ヶ所だが、市民にもっと親しみやすい存在にするよう、ゴミ焼却時に出た熱で作った温水プールや煙突につけた回転レストランなどがある。

台北市の北投ゴミ焼却場（入場無料の展望台及び回転レストランがある）

　このように政府はゴミ問題に様々な努力をしているわけであるが、残念ながら、近年、専用のゴミ袋を使わずに道端に家庭ゴミを捨てたり、ゴミ収集車を待たずにゴミ収集車が来る場所にゴミだけ置いて帰ったりする人が現れており、モラルの低下が垣間見られる。

路上のゴミ箱

4 行

4-1 臺灣的鐵路

　　臺灣的鐵路建設始於 19 世紀。和日本不同，臺灣沒有私有鐵路。此外，臺灣的高鐵和臺鐵分屬不同的公司，但日本從國營鐵路民營化的 JR 則同時經營新幹線與在來線（窄軌的一般電車）。

台鉄の特急列車「タロコ号」

「タロコ号」の車内の様子

　　在臺灣，不論是臺鐵還是高鐵，順時針行駛的列車叫順行（以往稱為上行），逆時針則反之。而在日本，上行列車以及下行列車是以東京為基準，遠離東京就是下行，接近東京就是上行，因此，例如從仙台到東京的列車雖是南下，但是是「上行」列車，所以臺灣朋友到日本搭電車旅遊的時候要注意一下。

　　臺灣鐵路列車的種類，依速度排序分為 8 種，但收費分成 4 級，沒有臥鋪車。而日本 JR 只有普通車和急行列車兩種票價，因此，例如在關西地區，用一般電車的價格就可以搭到飛快行駛的「新快速」。另外，當票面的出發地與目的地行駛距離超過 101 公里時，日本 JR 可以中途下車出站遊玩，接著再以同一張票重新入站繼續前往目的地，但筆者詢問臺鐵的站員後，得知臺鐵似乎沒有這種制度。又，坐過站時，日本只要付差額即可，臺灣若不主動找車掌補票，則很有可能會在下車的車站被罰錢。

　　臺鐵也有類似 JR「青春 18」的周遊券，叫做 TR PASS，但兩者實質差異很大。日本的「青春 18」沒有年齡限制，一張票可以使用 5 天（不須連續），或 5 個人用一天，只能搭普通列車（包含上面提到的「新快速」）。而臺灣的 TR PASS 則有學生票與一般票，以及三日券及五日券等區別。

4 交通

4-1 台湾の鉄道

　台湾の鉄道建設は19世紀の西暦1887年にまで遡り、清の時代の台湾巡撫劉銘伝氏から始まったと言われている。日本時代（台湾鉄道部）を経て、現在は台湾鉄路管理局（TR）が経営している。台湾は日本と違い、私鉄がない。また、2007年に開業した台湾高鉄（台湾新幹線）は別会社で、在来線も新幹線もJRが運営している日本とは違う。

　台湾の主な鉄道は西部幹線、東部幹線（宜蘭線、北迴線、台東線を含む）、南迴線の3つで、他に支線が8つある。日本では、上り列車と下り列車の区別は東京が基準になっているため、例えば、仙台から東京に向かう時は方向が南下でも上り列車になるが、台湾では、時計回りに運行している列車は上り列車（順行列車または上行列車という）、反時計回りに運行している列車は下り列車（逆行列車または下行列車という）となる。

　1992年の南迴線の全線開業に伴い、鉄道で台湾を一周することが可能になった。また、電気化に伴い、2020年12月23日をもって冷房がないディーゼル車「藍皮火車」（ブルートレイン）の運用が廃止された。

普通列車の車内の様子

列車の種類は遅い（停車駅の多い）順に「普快車」「復興号」（区間車、区間快車を含む）「莒光号」「自強号」（「普悠瑪号」（プユマ）「太魯閣号」（タロコ）を含む）

日本統治時代に作られた木造の保安駅

の 8 種類で、運賃も JR のような普通列車と急行列車の 2 分類ではなく、車種ごとに設定が異なる。さらに、営業距離が 101 キロを越えると途中下車ができるという JR のような設定がなく（つまり、一度下車して駅を出ると切符が無効になる）、また、乗り越した場合、日本のように超過分を払えばいいというわけではなく、車内で車掌に精算してもらわずにそのまま目的地まで行ってしまうと、乗車駅からの運賃の 1.5 倍（罰金）を支払わされる可能性が高い（キセル乗車をする人が多いためだそうだ）。そして、夜行列車はあるが、寝台列車はないので、我々台湾人にとって寝台列車は憧れ的な存在である。

　JR の青春 18 きっぷのような周遊券「TR PASS」もある。3 日間有効なもの（1,800 元）と 5 日間有効なもの（2,500 元）がある。18 きっぷと違うのは、観光列車やクルーズトレインなど、一部指定された列車を除き、特急の自強号

に乗車することが可能なことである。学生向けの周遊券もある。冬休み及び夏休みの期間中のみの販売である。5日間有効なもの（599元）と7日間有効なもの（799元）がある。一般向けのとは違い、自強号には乗れない。さらに、留学生向けの10日間有効なもの（1,098元）もあり、一年中購入することが可能である。

4-2 公車

　　臺灣跟日本一樣，都有長途客運和市區公車，這裡主要談論的是臺北市公車。在臺灣，以前不像現在有網路，可以隨時查詢公車開到哪了，當時能不能立即搭到公車全憑運氣，有時在站牌乾等很久車也不來，有時則是一口氣來兩、三台。而現在，則能透過網路等方式查詢時刻表，許多公車站的站牌也設有電子時刻表，隨時更新公車預計抵達時間，比以前更為便利。

　　在搭乘方法上，臺灣在公車進站時，乘客得招手攔車，司機才會停靠載客，而日本不需招手。與日本相同的是，在司機旁皆設有投錢箱，惟臺灣沒有特別規定上下車要從前門還是後門，車上也沒有機器可以換零錢，日本則有規定從前門或後門上車，乘客上車後必須先嗶卡或抽號碼牌（在筆者留學

台北市の路線バス

台北市の路線バスの車内

期間，東京大部分是從前門上車，車資一律 200 日圓）。收費方面，日本僅分為成人與孩童票，車資依距離計算（車內設置的顯示板會顯示每個號碼的車資，下車時依照自己抽的號碼牌與顯示板對照），而臺灣除了普通票及學生票之外，以前還有軍警票及老人票，但現已廢除軍警票，僅剩下 3 種類別。在臺灣搭公車若付現的話，全票跟學生票都一樣 15 元，但若使用悠遊卡支付，學生會有優惠價 12 元，且使用悠遊卡還有轉乘優惠，全票轉乘是 8 元，學生票則是 6 元。公車路線方面，日本的公車大部分都會開往當地主要的電車站，從甲地到乙地有時必須到車站後再轉車，但臺灣大都市的公車就未必每個路線都會開到車站，乘客大多可以找到前往自己想去的目的地的公車，減少轉乘的麻煩。

4-2 路線バス

　台湾のバスは日本と同じように、高速バスと路線バスがあり、運賃制度もバスの種類、地域によって異なるが、ここでは主に台北市のバスについて紹介する。

　昔から市内を走るバスは時刻表がないので、いくら待ってもバスが全く来ないことや、一度に 2 台（ひどい時は 3 台）が同時に来ることがよくあった。今はスマホアプリやホームページがあり、乗りたいバスが今どこにいるかの運行状況を随時確認できるし、バス停にも「○○○番のバスがあと○分で来る」と表示する電光掲示板がある所も増えてきたので、昔と比べ、随分便利になっている。

　バスの乗り降りも日本と異なる。バスが近づいてきた時、手を挙げないと止まってくれない。うっかり手を挙げるのを忘れてしまうと、せっかく待っていたのに、気付かれずに行ってしまうこともしばしばである。台湾に長く暮らしていた筆者の日本人の友人には、日本に帰った後もバスに乗る際、つい手を上げてしまったという友人が何人もいる。

台北市のバス停

高速バス

　乗り方だが、運賃箱が運転手の横に設置されているのは日本と同じであるが、両替機がなく、後乗り前降りなどの決まりも一切ない。また、運賃は日本の多くの地域のように区間制、ゾーン制ではなく、整理券というものも基本的にない。2020年以前は、乗車したら、まず車内の前方と中ほどに設置されたライトが「上車收票」（先払い）と表示されているか「下車收票」（後払い）と表示されているかを見て運賃を支払うタイミングを確認したものであるが、現在は一律に「上下車刷卡」（乗車時及び下車時にカードをかざす）となっている。乗車している間にライトの表示が一度変われば、基本的に倍の額の運賃を払わなければならないが、「緩衝区」という区間内での乗り降りだったら、倍払わなくても大丈夫だ。運賃は日本のように「大人」、「小人」ではなく、「普通票」（大人）、「學生票」（大学院生も含め全ての学生）、「優待票」（老人・幼児）に加え、「軍警票」（軍人・警察）の４種類だった。現在は「普通票」、「學生票」、「優待票」の３種類になっているが、現金払いだと「普通票」と「學生票」は15元と同額で、ICカード払いの場合のみ「學生票」は12元になる。また、ICカードを利用した場合、バスから電車への乗り換えも、電車からバスへの乗り換えも8元割引とお得だ。

　降りる時は日本と同様にボタンを押せば止まってくれるが、昔は到着と同時に扉の方で待っていないと運転手に怒られたものであるが、今は昔より少

しはよくなっている。そして、日本では降りる時に必ず運転手にありがとうとお礼を言われるが、台湾では何も言われない。むしろ乗客が運転手にお礼を言うことが多い。

　路線について、日本だと主な駅に向かうバスが多く、市内の移動でも乗り換えのために一旦駅に寄らなければならないが、台湾では駅に向かうバスがむしろ少ない。そして、いろいろな路線があって地元民でも全路線乗りこなせない。

　これだけの違いがあるので、観光客にとって、バスはハードルの高い移動手段なのかもしれない。

4-3 摩托車

　臺灣的機車數量多到可比擬東南亞各國。對許多的臺灣人來說，機車如雙腳般，因此很多家庭都有一台。機車數量多的原因，有以下幾個可能性。

　第一：大眾交通工具不完備，有捷運網的都市少，公車也沒那麼方便。第二：機車的價格、保養費用較為便宜，無法負擔汽車的家庭也買得起，且體積小，停車較容易。第三：機車考照容易。

路駐のオートバイ

オートバイの３人乗り

在臺灣，不論是速克達還是重型機車，都可以雙載（日本的速克達禁止雙載）。雖然在幾年前曾嚴格取締過超載，但近年卻不時可見一家三、四口合騎一台機車的情況，實在令人膽顫心驚。轉彎時基本上機車騎士會打方向燈，但不知為何，變換車道時很多騎士就不打方向燈了，為了自身安全，還有許多駕駛觀念急需改善。

像菜市場這些行人很多的地方，也不時可見以機車代步的民眾。在日本人眼裡看起來很神奇的行為，在臺灣卻是稀鬆平常的景象。

臺灣的機車數量多，有很多機車騎士提倡道路平權，這是因為臺灣很多道路的內側車道是禁止250cc以下的機車通行的，左轉時也必須兩段式左轉。即使是大型的重型機車，也還不能騎上大部分的高速公路。而在日本，重型機車雖然可以上高速公路，甚至雙載，但都有非常嚴格的規定，根據宮城縣警察對筆者的說明，大型重機雙載上高速公路，騎士必須年滿20歲或取得機車駕照後滿3年以上。由於臺灣用路人的駕駛觀念不一，對於重型機車上高速公路這件事，經常演變成「四輪戰兩輪」的狀況。

4-3 オートバイ

台湾は東南アジアの国並みにオートバイの数が多い。オートバイは台湾の多くの人にとって足のような存在で、ほとんどの家に一台はある。なぜこんなにあるのかというと、いくつかの原因が考えられる。

まず交通網の整備が整っていないことが挙げられる。台北を出ると、ほとんどMRTがなく、バスもそれほど走っていない。次に、先の理由と相まって、オートバイの値段や維持費が車ほど高くない。例えば、筆者の自宅から職場まで、電車やバスなどの交通機関を利用すると月々1,280元ほどかかるが、オートバイなら月に3回、1回150元の給油をすれば済む。それで、自動車が買えない家はオートバイを買う。次に、オートバイの免許の取得のしやすさもオートバイの数の増加を助長すると考えられる。筆者も18歳になった年にす

内側車線の黄色い文字の「禁行機車」はオートバイ走行禁止という意味

ぐオートバイの免許を取得した。免許試験は日本ほど厳しくなく、5分もかからないU字型のコースを走り切れば終わりであった。

　また、原付にせよ、大型バイクにせよ、二人乗りが認められる。数年前まで三人乗り、四人乗りは厳しく取り締まられていたが、筆者の観察では、この頃取り締まりがゆるくなっている。そのため、台北市内でも親子3、4人で一台のオートバイに乗っている光景が見られる。原付の数はあまりにも多いので、右折または左折する時には大体ウィンカーを出しても、車線変更する時に、ほとんどのライダーはウィンカーを出さない。

　朝市など、本来オートバイの乗り入れが禁止されている場所でもよくオートバイを見かける。日本人には不思議な行為に見えるかもしれないが、台湾ではごく普通の光景なので、みんな寛容である。

　一方、250cc以上の大型バイクの台湾への進出によって、「道路の通行権を平等に」と唱える運動も盛んになってきた。実は、台湾の多くの道路では、250cc以下のオートバイは内側車線の走行が禁止されており、また、左折する

際にも二段階左折をしなければならない。さらに、250cc 以上の大型バイクでも高速道路の走行は「国道3甲」線を除き、認められない。しかし、台湾人の運転マナーは人によって差が激しいため、オートバイの高速道路の走行が認められたら、きっと今よりカオスな状態になるに違いないと普通乗用車のドライバーから反対の声も上がっている。

4-4 自行車

　　臺灣有「自行車王國」之美譽。很多世界著名的自行車品牌其實都是在臺灣組裝，臺灣也有自己的知名品牌。臺灣的自行車產業是從代工興起的，長年累積的技術造就了低價格、高品質的產品。在日本，街頭最多的是淑女車，臺灣比較常見的是登山車或平把公路車，因為這些產品不一定很貴，在大賣場也可以買到。近年來，在臺灣騎自行車成了一種全民運動，除了週末到河濱公園以外，騎車環島的人也不少。現在全臺有很多地方都有自行車道，環島沿線也有很多補給站，甚至有些人會特地跟團到國外騎。

　　YouBike（Ubike）在臺灣出現以後，只要用悠遊卡就可以借車，移動更為方便。且 YouBike 由於只能定點租還，所以不會有亂停車的問題。相較

台北市の公共レンタサイクルシステム YouBike（Ubike）

乗り捨てられた OBIKE

於 YouBike，後來出現的 OBIKE 為了便民，取消了定點歸還的租車方式，反而造成一般機車及腳踏車沒車位停了，受到極大的批判，才沒幾年就只能摸摸鼻子撤出市場。YouBike 本來是提供給人方便通勤，不過因為租金太便宜，很多人都不自己買自行車，或去租車店租了，直接騎它去運動，甚至騎到外縣市，以做事一板一眼的日本人的角度來看，用於原目的（通勤）以外的行為是件非常不可思議的事，但對於喜歡運動的臺灣民眾而言其實是一項利多。

4-4 自転車

　台湾は「自転車王国」である。世界の有名な自転車ブランド、例えば、イタリアの「Colnago（コルナゴ）」や「Gios（ジオス）」「Bianchi（ビアンキ）」の上級モデルが台湾で組み立てられているだけではなく、世界的に有名な「GIANT（ジャイアント）」「MERIDA（メリダ）」も台湾発祥の自転車ブランドである。

　台湾の自転車製造の歴史は 1970 年代にまで遡る。第一次オイルショックの後の自転車の需要拡大に対応すべく、自転車産業がさらに盛んになり、OEM生産から起業した各メーカーもこの時期に自社ブランドの重要性に気付き、長年培ってきたノウハウを生かし、いろいろなブランドを立ち上げ、低価格で高品質な自転車を生産するようになった。上で挙げたジャイアントとメリダもこの時期に作られたブランドである。

　日本の街中で最もよく目にするのはいわゆるママチャリであるが、台湾の街中でよく見かけるのはマウンテンバイクやクロスバイクである。日本のママチャリと同じぐらいの代金を払えば、台湾でならマウンテンバイクやクロスバイクが買える。量販店でも格安のそこそこいい自転車が置いてある。

　2010 年前後からポタリング、サイクリングがますます盛んになり、それま

台北市の淡水河沿いのサイクリングロード

で移動手段に過ぎなかった自転車はレクリエーションの一つとなった。自転車屋さんが雨後の筍のように次々でき、川沿いの公園にはレンタサイクルの店がたくさんできた。自転車での台湾一周が人気のレクリエーションになり、サイクリングロードも次々に整備されていった。休憩スポットとなるコンビニはそれまでになかったトイレを作り、郊外など人気（ひとけ）の少ない山などの交番も給水所などとして機能している。2020年現在、ブームは最盛期ほどではなくなり、多くの自転車屋が潰れたが、ポタリングはやはり休日のレクリエーションとして定着している。日本などの海外に自転車を持っていき、現地でサイクリングするツアーも一定の支持層がある。

　2015年前後からバスやMRTに共通するプリペイドカード「悠遊卡」（Easy Card）で借りられる公共レンタサイクルシステムのYouBike（Ubike）ができた。事前に電話番号など個人情報を登録しておけば、設置場所でいつでも借りられる。返却は設置場所の空いたスペースに止めなければならないので、違法駐輪の問題もあまりない。その成功を鑑み、他の業者もレンタサイクルの事業に参入した。しかし、その業者（OBIKE）のレンタサイクルはYouBike

のように特定の場所で借りたり返したりするシステムではなく、車両に貼って
あるQRコードをスマホでスキャンすれば借りられ、どこにでも乗り捨てら
れる。利便性を図ったこの借り方は、かえって違法駐輪など大きな社会問題
を起こし、わずか2、3年で余儀なく撤退をさせられた。

　YouBikeは本来、通勤、通学などの移動手段として設置されたものである
が、料金が安いので、自分の自転車を買ったり、専門のレンタサイクル屋さん
で借りたりせずに、YouBikeを借りて川沿いのサイクリングロードをポタリ
ングする人も少なくない。

4-5 駕照

　　臺灣和日本一樣，滿18歲就可以考汽車駕照，但日本16歲就能考50cc
機車駕照，20歲以上才能考250cc以上重型機車駕照。

　　不管臺灣或日本，駕照皆有個人用及職業用之別，考照前可以申請學習
駕照自行練習，但因為臺灣的駕訓班遠比日本便宜，大部分的人都是在駕訓
班學，一個月左右就能參加考照測驗。

　　除了考大型重型機車駕照以外，基本上民眾都自備機車上考場，這點跟
日本不同。以前機車路考十分簡單，只有一個U字型的小考場，考照容易應
該也是造成臺灣機車數量龐大的原因之一。

　　在臺灣，考普通小型車駕照的術科測驗本來和日本一樣，只要繞完考場
內的路線就結束了，但現在新增了路考，考生得兩者皆通過才能拿到駕照。
相對較難的項目也和日本相同，有上坡起步、曲線前進、倒車入庫等。過去
駕訓班的教練為了讓考生順利通過術科測驗，都會用些小撇步，像是在後座
車窗上貼上一元硬幣或看旁邊電線桿的位置作為參考點等。雖然考官們也都
知道這些小技倆，但也不會特意拆穿，即便如此，還是會有人考不過。臺灣
考駕照的費用不像日本那麼貴，考過之後也不用再更新駕照或聽交通安全講
習，也沒有日本的優良駕駛制度。

4-5 台湾の運転免許

　日本と同じように、台湾も18歳から運転免許試験を受けられる（しかし、原付は日本では16歳からであるが、台湾では18歳以上となっている。250cc以上の大型バイクは20歳から）。運転免許の分類は現在計12種類ある。まず、個人用と業務用の2つに分けることができる。個人用のは普通小型車（乗用車）、普通大貨車（大型トラック）、普通大客車（大型バス）、普通連結車（大型トレーラー）、小型軽型機車（原付）、普通軽型機車（普通二輪）、普通重型機車（250ccまでの二輪）、大型重型機車（250cc以上の二輪）の8種類で、業務用のは職業小型車、職業大貨車、職業大客車、職業連結車の4種類である。普通小型車の免許を受けるためには、学習駕照（仮免許）を申請し、練習期間として3ヶ月以上所持しなければならない。しかし、教習所の速成コースに通えば、1ヶ月程度で免許試験を受けることが可能である。

　最もポピュラーな普通二輪と普通小型車について話そう。普通二輪は試験場にバイクが用意されておらず、自分で調達しなければならない。台湾では原付でも二人乗りが合法なので、家族か友人と二人乗りで試験場に行くのが一般的である。試験は一昔前まで思いの外簡単で、500メートルもないU字コースを走れば終了である。コースの最初はバランス感覚のテストで、所定の距離を7秒以上に走らなければならない。コースから外れたり、足が地に着いたりしたらアウトである。これさえ乗り越えれば、あとは信号や横断歩道の手前での一時停止など簡単なものばかりである。自転車に乗れない人でもクリアできるほどなので、バイクの量が減らない原因の一つになっているとも言われている。

　普通小型車は本来路上実技試験がなく、試験場または教習所内のコースを完走すれば終わりである。日本と同じように、難しい試験項目は坂道発進やS字、車庫入れである。昔は、教習所の教官は試験が通りやすいように大目に見てくれたものだ。後部座席の窓の上方に1元玉をつける。受験者は1元玉

を縁石や電柱など目印になるものに合わせ、ハンドルを切れば、楽に車庫入れなどができる。試験官もこのことを知りながら大目に見てくれる。それでも試験に落ちる人はいるのだが、台湾で免許取得するためにかかる費用は普通二輪の試験手数料が 250 元、普通小型車が 450 元なので、2 度 3 度挑戦してもそれほど痛い出費にはならない。教習所の学費は普通小型車が 13,000 元程度である。そして、一度免許を取得すれば、更新は不要で、講習もない。日本のようなゴールド免許制もない。

4-6 交通規則

　　從 2008 年 10 月開始，日本人只要有日本的駕照及日本駕照的中文譯本，就可以在臺灣開車，但臺日兩地不論是交通規則還是潛規則，駕駛習慣都相差甚遠，需要特別注意。最容易想到的就是左右駕的差別，實際上，日本不論是左駕車還是右駕車都允許上路，不過雨刷跟方向燈桿的配置就會因車而異，有雨刷在左的，也有雨刷在右的，但臺灣只有左駕車可以上路，雨刷跟方向燈桿也只有一種配置。

　　臺灣的道路分隔線有分白黃兩色、實虛線，和日本差不多，都是白線表示隔壁是同方向的車道，黃線表示隔壁是對向車道；實線表示不能跨越，虛線表示可以跨越。但日本的實線只有一條，臺灣是兩條。交通號誌的構造也

赤い線と注意書き
（駐車厳禁；違反者はレッカー移動）

歩行者信号

不同，例如在某些路口，臺灣的號誌是 5 個排成一列，包含了紅黃燈以及三個方向的箭頭綠燈，日本則是 3 個一列、分上下兩排，上方是紅黃綠三個燈，下方是三個方向的箭頭綠燈。另外，臺灣目前只有淡水和高雄輕軌會跟汽車共用道路，比日本單純。在臺灣，路邊的黃線代表禁止停車、紅線表示禁止臨時停車，但日本的路邊沒有劃紅黃線，必須根據考駕照時的知識自行判斷是否可以停車。臺灣的停車場數量遠低於車輛增加的速度，於是有些路段開始開放黃線停車，本末倒置。

兩地的駕駛習慣也大不相同。在日本，打了方向燈後，後方的車輛基本上都會讓路；但在臺灣，有些駕駛人看到方向燈反而覺得你是想插隊而加速靠近。另外，行經幹道路口時，日本人一定會將車子完全靜止，待幹道車輛通過後再匯入；臺灣人則是抓到空檔就立即插入車流。讓人欣慰的是，這樣的駕駛人在這幾年似乎有減少的趨勢。惟還有許多違規習慣需要改進，期待相關單位改善法規以及加強安全駕駛觀念。

4-6 交通ルール

2008 年 10 月から、日本の免許と交流協会または JAF によって発行された免許の中国語翻訳文書を使えば、台湾で運転できるようになったが、法律で定められているルール、暗黙の了解、運転マナーは日本と台湾ではだいぶ違うので、注意が必要である。

一番よく挙げられるのは左側通行か右側通行か、左ハンドルか右ハンドルかの違いである。台湾は基本的に右側通行で左ハンドルである。日本では一般的に左ハンドルの輸入車も公道を走行できるが、台湾では日本から輸入された右ハンドルの車は公道を走行できない。左ハンドルなので、ウインカーとワイパーの位置が反対で、左手がウインカー（上が右折、下が左折）、右手がワイパーになっている。

実際に走ってみると戸惑うことはあまりないと思うが、細かい違いがたくさんある。例えば、道路の中央線など区画線は白色と黄色、破線と実線の組み合わせで日本と同じであるが、実線の場合、日本は一本の線になっているのに

カウンター付き信号機

対し、台湾は二本の線になっている。信号機に左折専用の灯（日本では右折専用）がある場合、台湾では日本のように３つの灯が一列となって上下二段となっている構造ではなく、５つの灯が一列となっている。路面電車と並走する街も新北市の淡水と高雄市のライトレール以外にないので、日本よりわかりやすい。

　路上駐車は道路沿いに黄色い線が塗ってある場合は駐車禁止、赤い線が塗ってある場合は駐停車禁止となっている。黄色い線が塗られている区間で停車する場合、ハザードランプの点灯、停車時間が３分までと法律ではっきり定められているが、実際には取り締まられることがあまりなく、かなり問題となっている。近年、駐車場の整備が自動車の増加に追い付かないため、黄色い線でも週末及び休日に駐車できるようになっているところもあり、走行車にはますます迷惑になっている。

　運転マナーも日本と台湾ではだいぶ違う。日本ではウインカーを出せば、大体後続車に道をあけてもらえるが、台湾ではなぜかウインカーを出したら、後続車が逆にスピードを上げ、道を譲ってくれないことがある。また、幹線道路に出る時など、日本人は一時停止し、車が接近してきていないかを確認し、車がいれば、その車が通るまで待っているが、一部の台湾人のドライバーは合流できそうな間隔があれば、すぐ突っ込む。一時停止が必要な場所や踏切の手前でも一時停止する車は筆者の見る限りない。今後は法整備のみならず、安全運転意識の向上も期待される。

5 教育「小學」

臺灣曾經被日本統治過，留下許多由當時政府所建設的學校，但實際上與日本現在的學校生活有所不同。

例如，放學的時候不是集體回家，而是各走各的，或由家長接送。進學校後，也沒有換室內鞋的必要。筆者小學時，（臺北

下校時間に横断歩道を渡らない児童を見張っている「糾察隊」

市）一個年級有 8～9 班，一班約 40 人。現在因少子化的影響，一個年級只有 5 班，一班約 25 人。學校的課從早上 8 點半上到下午 4 點，一節 40 分鐘。12 點到 1 點半是吃飯跟午休時間，午休是日本沒有的。營養午餐是在 1993 年左右開始實施的，在那之前都是自己帶便當去學校，放到「蒸飯箱」裡加熱。因為便當通常是前一晚的晚餐，如果忘記放進蒸飯箱或是忘了打開蒸飯箱的開關的話，中午就只能吃冷飯了。

到 1997 年開始實施週休二日之前，週末小學也要上半天課，對當時的小孩來說，可以穿便服且只要上半天課的星期三、六是最開心的日子。臺灣的暑假大多從 7 月初放到 8 月底，比日本足足多了一個月。但實際上有許多家庭不希望孩子待在家裡沒事做，因此會讓小孩去學校上一個月的「暑期輔導」（半天課）。此外，臺灣的暑假作業雖然沒有日本的「自由研究（自己尋找生活中的疑問並發現解答）」，但量也不少，因此，筆者對於卡通《櫻桃小丸子》裡，小丸子在暑假結束的前一天熬夜趕作業的劇情有相當的共鳴。

5教育「小学校」

　台湾には日本統治時代に、日本政府によって作られた学校が数多く残っているが、台湾の学校と日本の学校は少し異なる。

　まず、登下校は日本のように集団行動ではなく、人にもよるが、大体は親や祖父母が送り迎えする。

　上履きに履き替える必要のある小学校はほとんどない。筆者が小学生だった頃は１学年８〜９クラス、１クラス40人ぐらいだった。今は少子化の影響で１学年５クラス、１クラス25人ぐらいになっているそうだ。授業は朝８時半から午後４時頃までで、１コマ40分。また、12時から１時半までは食事と昼寝の時間。昼ごはんは筆者が小５くらいの時（1990年頃）から給食に移行してきたが、それまではステンレス製の弁当箱に、前日の晩ごはんなどを入れたものを学校に持っていき、朝教室の講壇の横か教室の一番後ろに設置した「蒸飯箱」に入れ、昼ごはんの時間まで温めておいたものだ。「蒸飯箱」に入れ忘れると一巻の終わりだ。かくいう筆者も何度も忘れてしまい、冷たいお弁当を食べたものだ。

　掃除の時間は１日に２回、学校に着いた直後と下校時間の30分ぐらい前で、床掃除やモップがけ、窓拭き、ゴミ捨てなどをする。高学年はトイレ掃除も任される。上で述べたように、上履きに履き替えず、土足なので、日本の小学校のように雑巾掛けはない。掃除の時間には決まって音楽が流れ、例えば、歌手周華健さんの「這城市有愛」は、筆者は６年間も聞かされていたので、いまだに記憶に残っている。掃除の時間は高校まであり、情操教育の一つだと考えられているが、近年では、「なぜうちの子に掃除を強要するんだ」と苦情を言う保護者もいるので、一部の学校は学生に掃除をさせず、業者に頼んでいるところもあるという。

高学年はトイレ掃除だけではなく、「糾察隊」の仕事も任される。「糾察隊」とは監視員のようなもので、お昼寝の時間に学校中を巡回し、児童が確実に昼寝しているか、私語を交わしていないかを監視したり、おしゃべりをしている児童を見つけ次第、そのクラスの黒板に×を書く。登下校の時間には、学校の入り口で棍棒を持って横断歩道を渡らない児童がいないか見張ったり止めたりする。腕章をつけるので、特別な感じがして、なんとなくかっこよく見えたものだ。

　1997年前後から施行され始めた週休二日制度に切り替わるまで、授業日は週六日だったが、水曜日と土曜日は半日だけで制服を着る必要もなかった。夏休みは大体7月1日あたりから8月30日あたりまでで、約2ヶ月ある。ただし、実際は子供を1ヶ月ぐらいの学校の「暑期輔導」（夏期講習）に行かせる親が多い。夏休みの宿題は自由研究はないが、かなりの量だった。「ちびまる子ちゃん」で夏休みが終わる前日に山積した宿題を徹夜してやっているまるちゃんを見て共感したものである。

6 樂

6-1 電視

　　臺灣的有線電視普及，頻道有 100 台以上，但筆者到高中為止只有台視、中視、華視三個頻道（當時稱之為「三台」）。雖是國營，但與日本的 NHK 不同，在節目間會穿插播放廣告。現在廣受好評、製作出許多精緻戲劇節目的公視，昔日也不是獨立的頻道，而是在舊的三台（台視、華視、中視）的某些時段播出節目而已。1980 年代電視也不是播 24 小時，只有早上 6 點到晚上 10 點，還會放國歌（當時電影院播片前也會先放國歌）。1997 年民視創立，是第一個民營的電視台。但是事實上在民視開台前就已經有了（違法的）有線電視，所以一般說「第四台」指的就不是民視，而是有線電視。比較特別的是，因為法律的限制，以往不能置入性行銷，所以不像日本節目一樣還會特別加注「本節目是由……贊助商所贊助」。近年來似乎政策已漸鬆綁，開始可以看到某些節目名稱前面會加注贊助商，但還是不像日本一個節目有多個贊助。臺灣的節目不知是否因為製作費不足，有些節目品質提升不起來，但也有些節目即使低成本，也能讓人感受到幕後團隊的努力。近年來，各個頻道的政黨色彩也越來越濃厚，所以，在小吃店吃飯時，可以從店家播放的節目猜到那家店是支持什麼政黨的。新聞頻道也受到不少批評，因此網路出現不少揶揄記者的不當言論。

6 娯楽

....

6-1 テレビ

　台湾のテレビ史は 1962 年に遡るが、ここでは筆者が生まれた 1981 年以降のテレビ事情について話をすることとする。ケーブルテレビが普及している今、チャンネルが 100 以上あると言われているが、筆者が高校までの間、台湾のテレビチャンネルには台湾電視公司（略称：台視）、中国電視公司（略称：中視）、中華電視公司（略称：華視）の三つしかなかった（「3 台」と呼ばれていた）。いずれも国営テレビであるが、日本の NHK とは違って、CM が普通に入っている。NHK に近い「公共電視」は当時独立したチャンネルがなく、番組として 3 つのチャンネルに寄生するような形だった。筆者が小学生の頃までは放送時間も今のように 24 時間ではなく、朝 6 時頃から夜 10 時半頃までで、それ以外の時間帯にテレビをつけてもザーッという音しか出なかったものだ。一番早い時間帯の番組は大体国歌で（当時の映画館も映画が始まる前に国歌が流れ、起立しなければならなかった）、その次がポパイやピンクパンサーなどの西洋アニメで、朝それを見るのが当時小学生で早起きしなければならなかった筆者にとって小さな幸せだった。

　1997 年に第四のテレビチャンネル、民間全民電視公司（略称：民視）が開局した。これは先の 3 チャンネルとは異なり、最初の民営のテレビ局である。しかし、実はそれに先立ち、ケーブルテレビが既に（違法の状態で）始まっていたので、「第四台」（第四のチャンネル）といえば、民視ではなく、一般的にはケーブルテレビのことだと認識されている。

　番組自体は法律によって、特定の商品についての言及や宣伝につながるような表現が制限されていたので、日本の番組のように「この番組はご覧のス

ポンサーによって提供されています」といった場面は一切目にしなかった。現在は規制緩和され、スポンサーの冠番組も見られるようになっているが、やはり日本とは違い、一つの番組に複数のスポンサーが入ることはない。ケーブルテレビの合法化と普及に伴い、見られるチャンネルが一気に増えた一方、スポンサーによる制作費が集まらないので、番組の質はよいとは限らない。近年、特定のチャンネルは特定の政党色が濃いとも言われている。例えば、「民視」、「三立」は民進党寄りで、「中天」、「TVBS」は国民党寄りだと言われている。特に「新聞台（ニュースチャンネル）」ではその傾向が強く、「中天」では民進党が批判され、「民視」では国民党が批判の的になっている。それぞれの政党の支持者も自分と同じ立場のチャンネルしか見ないようである。それで、ある飲食店で食事している時、流れている番組が「中天」だったら、そこの主人は国民党の支持者の可能性がある。また、ニュースチャンネルの質は留学生にも指摘されており、SNSでも、記者を揶揄する差別的なコメントを見かけたりする。

6-2 百岳

　　臺灣和日本一樣，山地面積佔的比例很高。日本有「百名山」，臺灣也有所謂的「百岳」，兩者的選定標準有些相似之處。高度方面，日本的百名山標高都在 1,500 公尺以上；而臺灣的百岳則限定為標高 3,000 公尺以上，因此就算是很有名的阿里山也不在其中。

　　臺灣百岳之中，雖然也有像合歡山那樣幾乎可以靠開車上去的山，但其他大多數的百岳不只需要專業的登山裝備，還需要辦入山證，沒有經過訓練的民眾一般是很難上去的。

　　為了讓一般大眾也能輕鬆享受登山樂趣，臺灣還有標高 2,000 公尺以下的「小百岳」。此外，全臺灣各地也都有登山步道，不需要裝備就能爬山，和日本不太一樣。筆者第一次在日本爬山時，因為登山道的樣子太過原始了，

還因此嚇到。另外，筆者還記得在 2007 年挑戰臺灣最高峰──玉山時，同團的登山客裡竟然有兩個女生穿高跟鞋。當然她們最後只能留在登山口附近的旅館休息，等我們回來。但因有這兩個經驗，讓筆者再次意識到臺灣一般的登山步道真的太好走了，才會讓那兩個女生穿得很輕便就準備挑戰臺灣最高峰。

6-2 百名山

　台湾は日本と同じ山岳地帯の多い島であり、山は身近にある存在である。そして、日本に百名山があるように、台湾にも「百岳」がある。日本の百名山は小説家深田久弥氏によって選定されたそうだが、台湾の百岳は 1970 年代に登山家の林文安氏、蔡景璋氏、邢天正氏、丁同三氏によって選定されたものである。いずれの選定基準も似たところがあるが、高さに関しては、日本百名山は標高 1,500 メートル以上であるのに対し、台湾の百岳は標高 3,000 メートル以上のものと定められている。そのため、日本においてもバナナで有名な阿里山は選ばれていない。

森林リゾート（知本国家森林遊楽区）の遊歩道

筆者の勤め先の大学の裏山の遊歩道

合歓山（標高 3,417m）の登山口（標高 3,200m ほど）

　百岳の中で、合歓山のような、山頂の近く（武嶺；標高 3,275 メートル、台湾の公道最高地点）まで車で行ける山もあるが、ほとんどの百岳は、本格的な登山装備だけではなく、入山許可（登山届）も必要である。そのため、普段訓練をしていない一般人はあまり登れない。

　一般人でも気軽にハイキングを楽しめるよう、標高 2,000 メートル以下の「小百岳」もあり、さらに、それ以外にも各地の山に遊歩道が整備されており、気軽に散策することができる。そのような山は一般的に遊歩道デッキが敷いてある。筆者は筑波大学に留学中に初めて筑波山に登った際、全く手が加えられていない登山道にびっくりした。台湾の最高峰——玉山（新高山；標高 3,952m）に登った時には、ハイヒールを履いた女性同行者を見かけた。その女性はもちろん登山口の近くの宿泊施設に泊まって我々を待つ羽目になったが、そのことから、台湾の遊歩道はどれほど歩きやすいか垣間見ることができる。

6-3 民宿

　在中文及日語中都有「民宿」一詞，但實際的模樣卻大相逕庭。日本的民宿原本是農漁民在不能耕作、不能捕魚的冬季期間，把家裡的空房間提供給旅客住宿、確保收入來源的手段。但筆者認為日本的民宿與日式旅館的房

間其實大同小異，只是日式旅館會有員工在客人用餐時幫忙鋪好棉被，但民宿卻要由客人自己來鋪棉被。

　　臺灣的民宿實質上比較接近日本的「民泊」或是「ペンション（pension，渡假小屋之意）」。例如筆者曾經住過擺著高中教科書的房間，一看就覺得是民宿老闆孩子的房間。有些民宿則是一到晚上老闆就會不見的新房子，很明顯就是蓋來經營的，有些民宿甚至會整棟外借。

　　有些日本人看到「民宿」兩個字就不想住，例如筆者在日本節目上看到藝人同時也是漫畫家的「蛭子能收」來臺出外景，因不巧遇到颱風而不得不入住民宿時，都快要哭出來了，但實際入住後，發現裡面其實跟日本的商務旅館差不多，又突然重現笑容，令筆者印象深刻。因此，筆者建議來臺旅遊的日本觀光客，拋開對民宿兩個字的成見，實際住一晚試試吧！

6-3 民宿

　　日本の宿泊施設はホテル、旅館、ビジネスホテル、民宿、ゲストハウス、ユースホステル、カプセルホテル、ウィークリーマンション、スーパー銭湯など多種多様である。この中で、民宿は台湾では表記がそのままであるが、中身は日本の民宿とはだいぶ違う。

　　日本の民宿とは、本来農家や漁師など冬の間など農作業ができなかったり、海に出られなかったりする時にのみ宿として宿泊サービスを提供する家のことで、初級日本語のテキストでもそのように紹介されている。筆者自身は「部屋自体は普通の旅館とそんなに変わらないが、布団は自分で敷くところ」というふうに理解している。しかし、台湾の「民宿」はそうではない。

　　うろ覚えだが、台湾で「民宿」という表現を初めて耳にしたのは西暦2000年頃である。その後、観光業の普及に伴い、民宿の数も増加し、中には無許可のものもあると言われている。

筆者が泊まった台湾の「民宿」の部屋

筆者が泊まった台湾の「民宿」の外観 　　筆者が泊まった台湾の「民宿」のリビング

　実際、日本と台湾の両方の民宿に泊まってみて、台湾の「民宿」は日本の民宿そのものというより、日本の民泊、貸しペンションに近いのではないかと思う。例えば、部屋に高校生の教科書が置いてあり、どう考えても家の持ち主のお子さんの部屋だろう、というような部屋に泊まったことがある。また、部屋自体は新しいが、持ち主が夜になるといなくなる場所に泊まったこともある。明らかに宿泊施設として作られた新築だった。場所によっては一棟貸しのところもある。

　このような違いもあるから、実際に泊まってみてびっくりしたり、民宿だからといって敬遠したりする日本人観光客もいるのではないだろうか。テレビ東京の人気番組「ローカル路線バス乗り継ぎの旅」の劇場版は台湾でロケ

を行ったが、その旅の３日目で台風の影響で出演者たちが民宿に泊まらざるを得なくなった時、芸能人の蛭子能収さんは「民宿」と聞いてすごく嫌がって涙目にまでなっていたが、実際は民宿というよりもビジネスホテルのような部屋で、ホッとしたシーンがすごく印象に残っている。日本人の皆さんも漢字表記のイメージにとらわれずに一度台湾の民宿に泊まってみては？

6-4 夜市

　　臺灣跟許多東南亞國家一樣有夜市，夜市賣的不是食材，而是小吃等。日本有類似夜市的地方不多，九州福岡縣福岡市的中洲是數一數二有名的地方。臺灣的夜市有些下午４點左右就開始營業了，有些地方同一個地點白天是菜市場，晚上則會出現路邊攤。據資料顯示，臺灣的夜市是從交通要道及寺廟、市場附近開始發展的，因為這些地方往來的人多，而小吃價格便宜，又能立即享用，於是在各地漸漸地出現新的夜市。以臺北市為例，扣除掉日本人最熟悉的士林夜市，還有寧夏夜市、延三夜市、臨江街夜市、華西街夜市、廣州街夜市、遼寧街夜市、雙城街夜市、南機場夜市、大龍街夜市、師

▲ 夜市の遊技（パチンコ）
◀ 日中からやっている夜市

大夜市、公館夜市、饒河街夜市、通化夜市、景美夜市等至少 15 個。此外，臺北跟其他縣市的夜市最不一樣的地方就是每天都營業，像高雄市的瑞豐夜市一個星期就只營業 5 天。

　夜市的小吃種類豐富，如藥燉排骨、胡椒餅等，也有些專屬於地方特色，如基隆的鼎邊銼、臺南的棺材板等。夜市以飲食為主的地方還不少，但也有可以買東西或是玩遊戲的地方。像是遊戲攤位通常會有射汽球、套圈圈、撈金魚、彈珠台等，有些夜市的遊戲在日本也可見到，特別是在廟會祭典。近年來，由於都市發展，有些夜市被附近居民視為環境亂源，而不得不遷移，有些則是隨著時代進化，改善排水、採用電子支付等。

6-4 夜市

　台湾には東南アジアの多くの国と同様に夜市がある。夜「市」と言っても野菜などの食料品を売っているわけではなく、九州の福岡の中洲の屋台街のようなところである。また、場所によっては日が暮れる前の午後 4 時前後、もしくは朝から市場として機能しているところもある。

　資料によると、台湾の夜市の多くは最初交通の要所やお寺、市場の近くから始まったとのことである。発展の時期が早く、買い物客が最も密集しているところである。売っている食べ物の値段が手頃で、すぐ食べられるので、次第に各地に広まった。台北市内だけでも日本人にもお馴染みの士林夜市を始め、ここ数年日本人観光客に人気の寧夏夜市に加え、延三夜市、臨江街夜市、華西街夜市、広州街夜市、遼寧街夜市、雙城街夜市、南機場夜市、大龍街夜市、師大夜市、公館夜市、饒河街夜市、通化夜市、景美夜市など大小合わせて 15 箇所もある。台北の夜市と他の自治体の夜市とで一番違うのは台北市の夜市は毎日やっているところである。例えば、南部の高雄市の瑞豊夜市は火曜日、木曜日、金曜日、土曜日、日曜日のみ営業している。

夜市は食事がメインのところが多いが、買い物もできるところや日本の遊技場のように遊べるところもある。食事は「小吃」の項目で紹介したような料理の他にもいろいろある。例えば、漢方の匂いがする「薬燉排骨（骨付き肉の漢方スープ）」や「胡椒餅（生地が硬めの焼き饅頭）」などは各地に見られる。地方にはご当地料理もある。夜市でしか食べられないわけではないが、基隆の「鼎邊趖（水溶き米粉を大きい釜や寸胴鍋の周りにかけ、火が通ったら海鮮ベースのスープに入れる特別な麺料理）」や彰化の「猫鼠麺（主人のあだ名からつけられた担仔麺）」、台南の「棺材板（厚切りの食パンを揚げた後に中を切り取り、いろいろな食材が入ったホワイトソースを流し込み、最後にフタとして切り取ったパンを上に乗せた料理。本来は棺桶のフタの意味）」なども有名である。

　屋台にある遊技は射的や輪投げ、金魚すくい、カメすくい、パチンコ（パチンコ店のようなものではなく木製パチンコ台）など日本人にも馴染みのあるものの他に、台湾独自のゲームもある。

　街の近代化とともに夜市は騒音がうるさいとか環境を汚すとかゴミが出て近所迷惑扱いされる場所もあり、やむを得ず移転させられたり、営業をやめさせられたりするところもあるが、支払いがキャッシュレス化したり、排水を改善したり、使い捨ての食器をやめたりして時代とともに進化する夜市もある。

観光客でごった返す台中の逢甲夜市

胡椒餅

台南棺材板

7 婚宴

臺灣人偏好熱鬧，會邀請非常多人一起參加婚宴，有時候甚至會席開百桌。婚宴時，最前方的主桌會坐著新人及新人雙方的家長，料理通常採合菜的形式，與日本一人一份套餐不同。

在臺灣，參加婚宴的穿著沒日本嚴格，穿牛仔褲的人也不在少數。參加婚宴的賓客在婚宴當天，會先至櫃檯報到並交付禮金（紅包），禮金的金額會當場在一旁記錄下來，因此當主辦方日後受邀參加別人的婚宴時，就可以依照這個記錄回包金額相當的紅包。一般來說，金額會隨著被邀請人和新人的親密程度而定。另外，在日本是所有的參加者都可以拿到禮物，但在臺灣的習俗上，只有女方的親友才收得到喜餅。

以前參加臺灣的婚宴，遲到可說是家常便飯，有些人甚至會遲到 1 小時以上，但最近婚宴會場的時間規定較嚴，遲到的情況似乎有減少的傾向。進入會場後，通常先到的客人會邊吃小菜邊聊天等待。而在儀式正式開始時，會場燈光會先轉暗，之後由新郎先進場，接著是花童，最後才由新娘挽著新娘爸爸的手一起走入會場。待走到新郎處，新娘的爸爸會在此時將新娘的手交給新郎，並給予一些祝福的話語。接著，新人雙方的家長會一起在舞臺上向賓客舉杯致意，而會場大螢幕放映著新人相遇的故事和照片，其間也陸續出餐。席間，新郎和新娘會到各桌向賓客們敬酒、打招呼、玩遊戲，炒熱氣氛。婚宴途中，新娘會換一次禮服，等到水果上桌，就表示差不多可以回家了，最後，新人會在門口和大家合照、發喜糖。若有吃不完的食物，賓客也可以打包帶走。臺灣的婚宴熱鬧，與日本的喜宴相比，整體氣氛輕鬆歡樂。

結婚披露宴の様子 1　　　　　　　　結婚披露宴の様子 2

7 結婚披露宴

　台湾の結婚披露宴は日本とは違い、新郎、新婦の両親と近親者が最前列の円卓に座る。また、料理も一人ずつコース料理が出されるのではなく、大皿料理をテーブルの出席者（10~12 人）で分ける。台湾人、特に 50 代以上の人はめでたい時に大人数で賑わうのが好きなので、沖縄のように大人数で結婚披露宴に参加することが多い。数十テーブルから百テーブル以上の場合がある。参加する人数を把握するために、事前に電話したり、招待状に参加可否の確認を書いたりするが、当日一人で来たり、家族全員で来たりすることがあるので、人数の把握は非常に悩ましい問題の一つである。参加者は正装する必要がなく、日本では考えられないジーンズのようなカジュアルな服装で出

てもよい。会場に着いたら、まず受け付けで新郎側の友人なのか新婦側の友人なのかを伝え、ご祝儀を渡したら出席名簿にサインをする。受付の人はご祝儀袋をその場で開封し、どのぐらい入っているか確認し、金額とともに名前を記入する。多くの日本人には信じられない行為かもしれないが、独身の出席者がいつか結婚した時、参考にするためだとか。ご祝儀の金額は参加者が何人連れか、新郎新婦との仲がいいかによるが、特に親しくない人だったら、1,200元から1,800元ぐらいが一般的なようで、親しい人だったら3,600元ないし6,000元の場合もある。また、参加者全員が引き出物、引き菓子がもらえるわけではなく、新婦側の参加者のみ、ご祝儀を渡した後に引き菓子をもらえる。

　ひと昔前までは遅刻がひどく、招待状に書いてある入場時間より1時間遅れて行く人もかなりいた。筆者が日本から台湾に帰ってきてから、5、6回結婚披露宴に出たが、遅刻する人はだいぶ減ったようだ。これは会館の使用時間が厳しく決められているからだという。しかし、会場に着いても式はすぐに始まらない。先に着いた人は、テーブルに置いてあるピーナッツなどのおつまみを食べながら、おしゃべりをしてひたすら待つ。

　会場の明かりが暗転したら、式が始まる合図である。最初に新郎が入場して、次に新婦が父親や「花童」（ページボーイ、フラワーガール）とともに入場する。新郎新婦の両親がステージに上がったら、参加者にあいさつをする。日本のように職場の上司がスピーチをすることはあまりない。次に、新郎と新婦の馴れ初めやプロポーズまでのウェディングムービーが流され、それが終わると料理が出てくる。式場によってはオプションで料理パフォーマンスショーを頼むことが可能である。

　食事の間に新郎新婦は各テーブルを回り、あいさつをしたり、新郎新婦が用意したゲームをしたりして雰囲気を盛り上げる。新婦は途中で一度お色直しをする。入場から2、3時間続くが、いつお開きになるかも微妙で、料理最

結婚披露宴の様子 3

後の果物、デザートが出たらそろそろ帰ってもいい雰囲気になる。会場を出
たら、先に入り口で待っていた新郎新婦と一緒に写真を撮り、喜糖（キャン
ディー）をもらって帰宅する。式場の人も様子を見てお客が帰り始めたら、
解散を待たずに会場に入り、片付けを始める。この時、残っている料理があ
れば、持ち帰りませんかと聞かれる。隣の席の食べ残しを持ち帰ることもあ
る。

第三章

台湾のトリビア
台灣的冷知識

1 迷信與禁忌

4階のボタンがない病院のエレベーター

　　臺灣跟日本都有許多禁忌與迷信，但有些其實是有科學根據的。例如，孕婦不可以做裁縫，其實是為了避免孕婦過勞；鬼月去河邊玩水會被「抓交替」，其實也是因為夏天河水容易突然暴漲，希望大家避開危險。

　　姑且不論科不科學，臺灣還有許多日本沒有的禁忌。例如，剛出生的嬰兒不可以見天，據說是因為天公看新生兒像一灘血。不可以給嬰兒照鏡子，以免小孩長大就會變成騙子等，這是針對特定對象的禁忌。此外，手指月亮因為對神祇不敬會被割耳朵之類的禁忌，也是日本沒有的。有些則純粹是因為諧音，例如某些醫院沒有4樓，因為「4」的發音會聯想到「死」這個字（日本是有些飯店沒有4樓，反倒殯葬業者喜歡44-44的車牌）。還有送禮不可以送鐘跟傘，因為音跟「送終」、「散」一樣；不可以在賭徒旁邊讀書，因為會讓人聯想到「輸」……等。還有人不喜歡在夜晚洗衣服，據說是因為衣服晾在外面會招陰。

　　臺灣還有一些禁忌是與風水有關的。例如不可以把床擺在橫梁下或是鏡子前，這是因為會造成壓力，或是「氣」會被吸走……等等，這些禁忌聽起來還是有點科學根據的。另外，睡覺的時候，在日本是不可以把頭朝北（日語叫做「北枕」），而臺灣則是雙腳不可以朝向大門口，這都是因為有家人過世時，安置遺體的時候會將枕頭朝北或是將雙腳朝外。

1迷信・タブー

　日本と同じように、台湾にもいろいろなタブーや迷信がある。迷信とされているものには科学的な根拠のあるものもある。例えば、妊婦が裁縫をしたりしてはいけないというのは、本当は過労にならないためだという。また、旧暦の7月「鬼月」に川などで水遊びをするとオバケにあの世に連れ去られていくというのは川の増水しやすい時期に危ない行動を控えてもらうためだという。

　科学的な根拠があるかどうかは別として、日本にないタブー行為は他にもたくさんある。例えば、生まれたばかりの赤ちゃんを日に当ててはならないとか、赤ちゃんが鏡を見ると嘘つきになるとか、対象が限定される行為もあれば、月を指差すと、「月娘」（「お月様」のような月を「擬神化」した敬称）に耳を切られるとか対象が限られていない行為もある。余談であるが、筆者のいとこが小さい時、月を指差した翌日に耳に実際に切り傷ができて以来、筆者は迷信だと思いながらもそのような行為を控えている。

　日本と同じように語呂から来たタブーもある。例えば、一部の病院に4階

病院のフロア表示；4階がない

がないのは「4」が「死」と同じ発音だからである（日本では病院ではなくホテルだと聞いた）。そのような病院は代わりに3A階だったり、4階を飛ばして5階だったりする。贈り物を送る時に「鐘（時計のこと）」や「傘」を送らないのは時計の発音が「送終（死者に告別する）」、傘の発音が「散（散る、バラバラになる）」に似ているからである。また、誰かが賭け事をしている時、その人の近くで本を読むと怒られるという。これは「書（本のこと）」の発音が「輸（負ける）」と同じで、勝ちを最重要視するギャンブラーにとって一番のタブーだからである。

夜に洗濯することを敬遠する人もいるようである。洗濯物を外に干すと、霊を招くからだという。

風水から来たタブーもある。ベッドを梁の下や鏡の前に置いてはいけないと言われている。プレッシャーがかかるとか、気が吸引されるとか様々な説がある。科学的な根拠に基づいているものもある。また、寝る時、体の向きについて、日本では北枕がタブーとされているが、台湾では、足を家の入り口と同じ方向に向けるのがタブーとされている。これは、家族が亡くなり、遺体を家に安置する時、足を外に向けるためである。

2 留在臺灣的日語

　　臺灣有被日本殖民的歷史背景，因此語言表達中時常可見日語的痕跡，其中又以台語最為明顯。

　　筆者是在學了日語以後，才發現有些台語的詞彙是源於日語。例如「阿斯芭辣（蘆筍）」、「朽胖（麵包）」、「他媽斗（番茄）」、「八苦（倒車）」、「羅賴把（螺絲起子）」、「拉里歐（收音機）」等（以上寫法並非正式的寫法）。然而，雖說源自日語，但可以發現有些音已發生變化。

　　雖然臺灣已不是日本的殖民地，但語言仍持續交流，如「トヨタ」原為「豐田」，但現在也有不少網路鄉民把它寫成音譯的「頭又大」。

　　此外，也有年輕人覺得用日語比較時尚，因此直接將日語的漢字當成中文的詞彙來使用，如「手帳」、「唐揚」、「手作」等，或是看似日語的「漢語」，卻又不存在於日語，像「人身部品（指機車騎士配件）」、「油切（指解油膩）」這樣的詞彙。這個現象，筆者認為與日語裡的片假名詞彙濫用的現象，有著異曲同工之妙。

　　最有趣的是，日本知名漫畫家「冨樫義博」據說因為太常拖稿，臺灣網友們直接把他的名字（的同音字）拿來當作動詞使用，用「又富奸了」一詞來指拖稿。

「阿不拉甜不辣」で「あぶら」「てんぷら」を表している看板

台湾黒輪の屋台

2 台湾に残る日本語

　台湾はかつて日本の植民地だったため、日本語の表現が数多く残っており、特に方言（閩南語）にたくさん見受けられる。例えば「アスパラ」「食パン」「トマト」「（車の）バック」「（タクシーの）運ちゃん」「ドライバー」「おでん」「ラジオ」などがある。

　これらのことばは外来語であるという意識が全くなく、筆者も日本語を勉強して初めて日本語なんだと気が付いた。しかし、日本語とは言っても、ちょっと異なるものもある。例えば、「トマト」はなぜか「タマト」になっており、「食パン」は「しょっぱん」になっている。また、方言の影響か、「ダ」行などの濁音の発音がうまくできず、そのせいで「ドライバー」が「ローライバー」に、「おでん」が「おれん（漢字表記で「黒輪」）」に、「ラジオ」が「ラリオ」になっている。台湾のことばに日本語の名残があることがわかってから、発音が日本語っぽいことばは全部疑わしくなった。例えば、デタラメを意味する「アサブル」や発泡スチロールを意味する「ポリロン」など。これらも調べたことがある。前者は「朝風呂」がなまって発音されたところからきたという説がある。昔の人にとって、朝お風呂に入るのは常識に反する行為なので、それで「朝風呂」が非常識という意味になって、やがてデタラメを意味するようになったのだとか。また、後者はただ発音が似ているだけで、日本語ではないようだ。

　植民地でなくなった今も様々な日本語が日常生活で見られる。例えば、自動車の「トヨタ」は本当は「豊田」であるにもかかわらず、インターネットではよく「頭又大」（頭がまた大きい）という表現が使われている。「頭」の発音が「トー」、「又」の発音が「ヨー」、「大」の発音が「ター」なのである。

他にも、日本語を使えばかっこいいとか、おしゃれとかいう理由で日本語の漢語がそのまま台湾のことばとして日常的に使われていたり、日本語の漢語を組み合わせて独自の意味になっているものがある。そのまま使われているものは「手帳」や「唐揚」などで、独自の意味になっているものは「人身部品（バイクのライダーのためのアクセサリー、グッズ）」など。

しかし、何より一番面白いのは漫画家の「冨樫義博」の名前が動詞として使われていることである。

ラムネの意味の「大補内」（ダーブーネー）

冨樫さんは、ファンの人なら誰でも知っていることだが、よく休載する。このところから、ブログなどの執筆をよく怠けることを、「冨樫」という名前を動詞として使って表現する人がいる。「又富奸了（また冨樫った！＝またサボっちゃった！という意味；「富奸」は中国語では「冨樫」と同じ発音）」というのだ。自分の名前がそういう意味の動詞として使われていることを冨樫さんが知ったら気を悪くされてしまうので、ここだけの秘密にしておいてほしい。

3 地盤意識

$\cdots\cdots\cdots\cdots\cdots\cdots\cdots\cdots\cdots\cdots\cdots\cdots\cdots$

筆者住在日本 6 年多，注意到幾個臺灣人和日本人關於「地盤」意識上的差異。

筆者所居住的仙台，常看到有公車來來往往在很多狹窄的道路上。由於道路狹窄，所以當公車從後方接近時，筆者會半反射性地跳上路緣，但實際上這些很多都屬於私人土地。又，筆者到日本家附近的蔬果店時，會經過一個是停車場的轉角，常常就「切西瓜」穿越過去了，但不論是哪一個舉動，印象中幾乎沒看到日本人做過。問了日本朋友才知道，這是因為私人土地不屬於自己的地盤，所以會避免經過，如果遇到介意的人還可能被告非法入侵。但實際上有些空地上日本人也會明文禁止「閒人勿進」，可以由此猜想還是會有抄近路的日本人。

此外，日本除了長途客運以外，很少有公車會跨越縣市，電車的末班車不知為何似乎大多也都不會跨縣市。即使是相鄰的兩個觀光景點，如果各屬於不同的縣，就有可能無法在其中一邊得到另一邊的資訊。

而在臺灣，有不少大學平時校外人士就可以自由進出，像公園一樣。但在日本，平常校外人士是不可以任意進入校園的，像是 2014 年曾經有個便衣刑警因為未經許可就進入京都大學，引起一陣騷動。

臺灣以前有「三合院」、「四合院」，現已逐漸消失，這樣的住宅和日本的獨棟建築很類似，所以即使看到，也會猶豫是否不該闖入中庭。但現在有「騎樓」的住宅居多，走進騎樓反而不會有闖入別人家的感覺。

日本朋友說，昭和時期的日本人都會自由進出鄰居家，但日本人對於「內」、「外」的分別還是比臺灣人更強。中文諺語說「四海之內皆兄弟」，日語卻說「親密也要講禮儀」，民族性的不同從這些諺語中可見一斑。

3 縄張り意識

　筆者は日本に6年半ほど住んでいたが、日本人と台湾人の縄張り意識の差に気付かされる出来事がいくつかあった。

　まず住宅などの敷地について。筆者が4年半住んでいた仙台には城下町らしい狭い道路が数多くあった。しかも、そんなすれ違うのもやっとの道をバスが通っている。バスが後ろから接近してくると、筆者はいつも半反射的に道路の縁石の上、つまり人の家の敷地に上がってしまったものだが、日本人学生が上がるのは見たことがない。また、近所の八百屋まで角を二つ曲がらなければならなかったが、その一つが駐車場なので、時々そこを横切ったりしたものだ。同じ行為をする日本人は見たことがない。どうやら日本人は、空き地にしても駐車場にしても、人の家の敷地なので、勝手に上り込むことに抵抗があるようだ。下手すれば、不法侵入と訴えられたりする可能性でもあるとのこと。「そんな大げさな」と思いつつも日本人と台湾人は違うなあと思った。場所によっては、「通り抜け禁止」などの貼り紙を見たことがあるので、日本人でも人の家の敷地をショートカットしたりする人はいるだろうが。

　また、筆者は旅行好きで、旅番組をよく見るのだが、テレビ東京の人気番組「ローカル路線バス乗り継ぎの旅」を見て印象的だったのが、日本の路線バスがあまり県境を越えないことである。実際、路線バスだけではなく、自分が住んでいた仙台も地方なので、例えば、仙台発のJR東北本線の最終列車もなかなか県境を越えないのだ。家族で長野の上高地に泊まりに行った際も、隣県の岐阜県の情報が一切手に入らなかったものだ。

　次に、台湾の大学は日頃、部外者も自由に出入りできる。キャンパスにあ

まり塀がなく、入ろうと思えば物理的に自由に出入りできるところは日本も同様であるが、何が違うかというと、日本ではオープンキャンパスなどイベントがない限り、部外者は基本的に大学に入ることがない。2014年に京都府警の公安が無許可で京都大学に入って、学生たちに発覚して騒動になったニュースを見た時、何がいけないかと首を傾げた。台湾は大学だけでなく、小学校、中学校、高校も公園のように一般に開放されている。大学はほぼ24時間、小中高は下校時間の後、一般人も出入り可能で、学校の敷地内で散歩や運動をしている近所の住民と思しき人を見かける。

　台湾には昔「三合院」、「四合院」というコの字、ロの字になっており、三つ、四つの建物が中庭を囲むような住宅があった。筆者が生まれた1980年頃には既にだいぶ見かけなくなっていた。そのような住宅は日本の一戸建てに近いため、勝手に中庭に入るのはさすがに抵抗がある。「三合院」、「四合院」に代わって増えてきたのは「騎楼」のある住宅である。「騎楼」とは日本の「雁木通り」のようなもので、台湾では雪よけではなく雨よけのために作られたものだ。そこなら人のうちの敷地に入った感覚は別にない。

　日本でも、昭和の時代にはふつうに隣人の家に自由に出入りできたものだと聞いたが、「ウチ」、「ソト」の意識はやはり基本的に台湾人より強いと思う。中国語には「四海之内皆兄弟」という諺がある。世界中の人々はみんな我が兄弟だという意味である。一方、日本語には「親しき仲にも礼儀あり」という諺がある。このような諺にも民族性の違いが垣間見られる。

4 乖乖

乖乖是臺灣家喻戶曉的零食，有五香、奶油椰子及香濃巧克力等口味，近年來，也與各地的農會合作，推出許多限定商品，例如用米做成的米乖乖。

以前乖乖的包裝裡面會放玩具或漫畫，因此很受小朋友的歡迎。但不知何時開始，乖乖被工程師拿來當成護身符，放在主機等地方，希望機器可以「乖乖」，不要發生故障。最近除了工程師以外，在醫院、一般公司甚至一般家庭裡也都能看到有人放乖乖在電腦旁邊。而大家放的一律是「奶油椰子」口味的乖乖，這是因為奶油椰子口味的包裝是綠色的，跟綠燈一樣，表示能順利通行，如果放成黃色包裝的五香乖乖，或紅色的巧克力乖乖，說不定會造成反效果！？

▲ 乖乖（昔の包裝の復刻版）

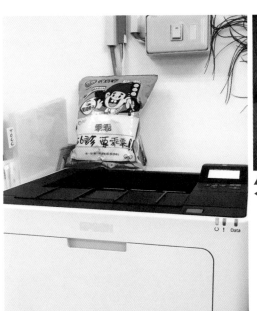

◀ 病院の診察室のプリンターに置いてある綠色の乖乖

4 乖乖

「乖乖（クァイクァイ）」というのは 1969 年に発売されたロングセラーの
コーン菓子（日本の東ハトのキャラメルコーンや明治のカールのようなお菓
子）である。味は「五香（中華ミックススパイス）」や「奶油椰子（バター
ココナッツ）」など発売当時からある定番のものから「巧克力（チョコレー
ト）」など様々だ。最近では台湾の各地の農協とのコラボ商品、限定商品も
見られるようになっている。

　乖乖は 2010 年まで漫画やおもちゃなどのおまけが入っており、子供に絶大
な人気を誇った。いつからか不明だが、エンジニアたちの御用達にもなって
いる。子供はお菓子を食べて、どんなおまけが入っているかを楽しみにする
という楽しみ方であったのに対し、エンジニアたちはちょっと変わった「使
い方」をしている。パソコンや事務機器の横に乖乖を置くのである。その理
由は「乖乖」という名前にある。「乖乖」は中国語で「いい子」を意味する。
つまり、パソコンや事務機器の横に乖乖を置くのは、パソコンがフリーズした
りトラブったりしないように願いを込めた行為なのだそうだ。これが広がっ
て、最近では一般の会社や病院ないし一般家庭でもそうする人が現れている。
ただ、基本的に必ず「奶油椰子」味でなければならない。なぜなら、「奶油
椰子」味は包装が緑で、青信号というわけだ。五香は黄色で、巧克力は赤色
なので、逆効果を招くというジンクスがある。

5 食物相剋

　　臺灣與日本都有所謂的食物相剋，意即某些特定的食材不能一起吃，否則會危害身體健康，但這些觀念普遍沒有科學根據。

　　臺灣因為有使用農曆的習慣，每到年底，常常可以收到隔年的月曆或農民曆。以前農民曆的封底基本上都是食物相剋圖，但看了內容後會令人不禁莞爾。例如壁虎的尿不能跟白飯一起吃，但基本上應該沒有人會吃壁虎的尿配白飯吧。還有韭菜不能跟牛肉一起吃，不然也會中毒，這個資訊本身看起來就已經相當可疑了，但更可疑的是解毒方法居然是服用母乳配醬油，真不知道要去哪裡生母乳來喝。另外還有螺類跟麵一起吃會造成腹痛及嘔吐，解毒方法更詭異，必須吃雞屎白，聽起來反而是吃雞屎白會比吃螺肉更容易腹瀉吧。不管是從哪一項來看，這些食物相剋的論點聽起來都非常不可思議。

　　除了這些以外，中醫觀點中也有豆腐和菠菜不能一起吃的說法，不然會造成結石。或是在服藥期間，不能吃空心菜，否則會造成藥效失靈等說法，但這些有中醫理論的食物相剋說法，當然就值得信任多了。

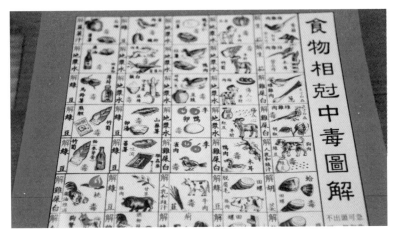

農民曆の裏表紙に
ある食べ合わせ一
覧表

5 食べ合わせ

　食材によっては同時に食べると健康を害するという食べ合わせは今は科学的根拠がないとされているが、実は、似たような伝承は中身が違うが、台湾にもあるのだ。

　旧暦（台湾では陰暦または農暦、農民暦と呼ばれている）を今でも使っている台湾では年末になると、どこかから翌年のカレンダーとともに農民暦ももらえたりする。昔その農民暦の裏表紙には決まって食べ合わせに関することが書いてあった（しかも絵付き！）。その中身を見ると思わず笑ってしまうものが多い。例えば、ヤモリのふん尿と白いご飯を一緒に頂くと中毒になる。誰がヤモリのふん尿などを口にするだろうか。また、牛肉とニラを一緒に食べると中毒になる。ここまではまだ「そう？」と疑うくらいだが、問題はその解毒方法だ。なんと母乳と「豉汁」というしょうゆみたいなものなのだ。母乳なんかどこで手に入れるだろうか。さらに、巻貝と麺を一緒に食べると腹痛や嘔吐を引き起こすらしい。それ自体も十分疑わしいのだが、もっと問題なのはその解毒方法。解毒方法はなんとニワトリのフン！「おい！ニワトリのフンのほうがよほど腹痛を引き起こすんじゃないか」とツッコミを入れたくなる。

　漢方医も例えば豆腐とほうれん草を一緒に食べると結石ができるとか、薬を飲んでいる間に空芯菜を食べると薬の効果が弱まるなどと言っている。

　いずれにしても農民暦の裏表紙に登場するものはあまりにも非科学的だからか、近年我が家で使っている農民暦はこのような食べ合わせの紹介がなくなっている。

6 統一發票

日本人不太會帶走購物明細，但臺灣人會，主要是因為臺灣的購物明細（發票；現在有些會將發票和明細分開）能抽獎。發票每兩個月抽獎一次，獎項有特別獎、特獎、二獎、三獎……六獎，最高

様々な統一発票

獎金高達一千萬臺幣。據說這個制度是為了防止店家逃漏稅而開始的，因為若不開發票，就可以低報營業額來逃稅。但透過這個制度，消費者為了中獎，便會積極地向店家索取發票。

發票不僅能抽獎，也能用來代替收據。在日本，公司職員等要報帳時，除了購物明細以外，還需要跟店家索取收據（日語稱之為「領收書」；和レシート做區別）。但在臺灣，需要報帳的款項只要請店家在發票上打上「統一編號」就可以了。因此，結帳時常常會被問：「需要統編嗎？」那如果印著統一編號的發票中獎的話怎麼辦呢？其實只要在發票上打上統一編號後，就無法兌獎了。例如，某人先代墊了出差費，他為了要跟公司請款，請店家在發票上輸入了統一編號。但若那一張發票中一千萬的話，就算後悔也來不及了。

因為發票如同彩券，因此便利商店等地方除了捐款箱以外，也能看到捐發票的箱子，如果中獎，中獎的獎金會當作植物人或是街友的救濟金。來臺灣短暫旅行的外國人，如果沒有在地朋友可以送發票，或是來不及待到統一發票開獎，也可以考慮將發票捐出去，做一點小善事。

6 レシート

・・・

　日本人が捨ててしまいがちなレシートだが、台湾ではほとんどの人がもらっていく。実は（統一発票と呼ばれる）台湾のレシートは宝くじ付きなのだ。AB00000000 のように 2 桁のアルファベットに 8 桁の数字が付いており、2 ヶ月に一度、奇数月の 25 日にレシートの当選番号が発表される。例えば、1 月と 2 月にお買い物し、それでもらったレシートは 3 月 25 日に当選番号が発表され、3 月、4 月にもらったレシートは 5 月 25 日に当選番号が発表される。当たらなかったレシートは次の発表には持ち越されない。当たるかどうかは数字を照合するだけで、アルファベットは関係ない。発表された番号には特別奨（「奨」は「賞」という意味）、特奨、頭奨、二奨、三奨……六奨がある。全桁一致した場合、1 千万元（特別奨）または 2 百万元（特奨）、20 万元（頭奨）の賞金が付与される。7 桁が一致した場合は 4 万元、以下、1 万元、4 千元、千元、3 桁一致した場合は 200 元となる。この制度を始めたのは脱税防止のためだという。店側がレシートを渡さなければ、売り上げを改ざんできるが、この制度の導入で消費者が積極的に店側にレシートを求めるため、脱税の防止に繋がるのだそうだ。レシートは宝くじだけではなく、領収書代わりにもなる。会社などで経費精算する時に、日本ではレシートとは別に領収書を作成してもらわなければならない

献レシート箱

が、台湾では会社などの「統一編號」、つまり法人用のマイナンバーのようなものを店側に入力してもらえば領収書として使える。それで、お店などでお会計する時によく「統編（統一編號の略語）が要りますか」と聞かれる。では、「統一編號」が印刷されたレシートが賞金に当たった場合はどうなるか。実はレシートに一度「統一編號」が入れられると、宝くじとしての機能がなくなるのだ。従って、例えば立て替えた出張費を会社側に精算してもらうために、レシートに「統一編號」を入力してもらい、そのレシートが１千万元に当たったら……後悔先に立たず、ということになる。レシートは宝くじにもなるので、街中、特にコンビニでは献金箱……ではなく、「献レシート箱」も見受けられる。当たった賞金は植物状態となった方やホームレスの救済に当てられる。旅行で台湾に来た時、もらったレシートを「献レシート箱」に入れて帰れば、ちょっといい人助けができる。

參考文獻

(參考資料)

- 《百年雋永芳菲風華：發票百年冊》
  https://www.fia.gov.tw/singlehtml/15?cntId=fia_1004_15

- ETtoday 新聞雲
  https://house.ettoday.net/news/

- 法律白話文運動
  https://plainlaw.me/

- 風傳媒
  https://www.storm.mg/

- 國立傳統藝術中心
  https://www.ncfta.gov.tw/

- 交通部高速公路局
  https://www.freeway.gov.tw/

- 交通部觀光局
  https://www.taiwan.net.tw/

- 交通部臺灣鐵路管理局
  https://www.railway.gov.tw/

- 明華園戲劇總團
  http://www.twopera.com/

- 內政部 2019《全國姓名統計分析》
  http://www.ris.gov.tw/documents/data/5/2/107namestat.pdf

- 霹靂網
  https://drama.pili.com.tw/

- 全國法規資料庫
  https://law.moj.gov.tw/index.aspx

- 世界史の窓
  http://www.y-history.net/

- 《颱風百問》
  https://www.cwb.gov.tw/V8/C/K/Encyclopedia/typhoon/typhoon.pdf

- 台湾温泉ガイド
  https://taiwanonsen.com

- 台灣颱風資訊中心
  http://typhoon.ws/

- 文化部文化資產局國家文化資產網
  https://nchdb.boch.gov.tw/

- 文化部國家文化資料庫
  http://nrch.culture.tw/

- 文化部臺灣偶最讚
  https://puppetry.moc.gov.tw/home/zh-tw/

- 文化部臺灣文化入口網
  https://toolkit.culture.tw

- 維基百科
  https://zh.wikipedia.org/

- 行政院
  https://www.ey.gov.tw/

- 行政院農業委員會
  https://www.coa.gov.tw/index.php

- 宜蘭厝
  http://www.youngsun.org.tw/house/

- 中華民國總統府
  https://www.president.gov.tw/Default.aspx

國家圖書館出版品預行編目資料

日本語で台湾を語る：宝島再発見
用日語說臺灣文化：探索寶島 / 葉秉杰編著
-- 初版 -- 臺北市：瑞蘭國際, 2022.03
168 面；17 × 23 公分 --（繽紛外語系列；108）
ISBN：978-986-5560-60-7（平裝）

1.CST：日語 2.CST：讀本 3.CST：臺灣文化

803.18　　　　　　　　　　　　　　111000658

繽紛外語系列 108

日本語で台湾を語る：宝島再発見
用日語說臺灣文化：探索寶島

編著者｜葉秉杰
審訂｜菅野美和
責任編輯｜葉仲芸、王愿琦
校對｜葉秉杰、葉仲芸、王愿琦

視覺設計｜劉麗雪

瑞蘭國際出版
董事長｜張暖彗・社長兼總編輯｜王愿琦
編輯部
副總編輯｜葉仲芸・副主編｜潘治婷・副主編｜鄧元婷
設計部主任｜陳如琪
業務部
副理｜楊米琪・組長｜林湲洵・組長｜張毓庭

出版社｜瑞蘭國際有限公司・地址｜台北市大安區安和路一段 104 號 7 樓之一
電話｜(02)2700-4625・傳真｜(02)2700-4622・訂購專線｜(02)2700-4625
劃撥帳號｜19914152 瑞蘭國際有限公司
瑞蘭國際網路書城｜www.genki-japan.com.tw

法律顧問｜海灣國際法律事務所　呂錦峯律師

總經銷｜聯合發行股份有限公司・電話｜(02)2917-8022、2917-8042
傳真｜(02)2915-6275、2915-7212・印刷｜科億印刷股份有限公司
出版日期｜2022 年 03 月初版 1 刷・定價｜480 元・ISBN｜978-986-5560-60-7

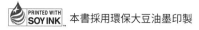

瑞蘭國際

瑞蘭國際